태몽풀이 대백과

태몽풀이 대백과

우리아이

태몽풀이 대백과

Happy &Books

• • • •

　　예로부터 우리 선조들은 꿈이 갖는 상징성으로 태어날 아기의 성별이나 재능을 점쳐 보곤 했다. 꿈풀이가 오랜 경험을 바탕으로 한 것이어서 때로 정확히 맞지 않는 면도 있다. 그러나 열 달 내내 궁금한 아이의 모습을 상상하는 것만으로도 즐거운 일이 아닐 수 없다.

　　태몽은 임신한 여성만 꾸는 것은 아니다. 태어날 아기에 관심이나 애정이 있는 주변 사람이 대신 꾸기도 한다. 태몽은 임신 전후나 출산을 앞두고 임신부나 주위 사람이 꾸는 꿈을 말하고 경우에 따라서는 임신과 출산할 무렵에 두 번 꾸기도 한다. 그러나 태몽은 여러 번에 걸쳐 꾸게 된다고 말하는 사람들도 있다.

　　실제로 한 아이의 태몽을 여러 개 가지고 있는 사람도 꽤 있다. 대부분의 사람들이 이런 사실을 모르거나 가장 강렬한 꿈만을 기억하기 때문에 태몽은 한 차례 또는 두 차례만 꾼다고 생각한다는 것이다. 태몽은 다른 꿈과는 달리 잠에서 깨어나도 생생하게 기억나는 것이 특징이다.

　　태어날 아가들의 태몽의 의미를 알아보는데 조금이라도 도움이 될 수 있었으면 한다.

21세기 꿈 해몽 연구회

목　차

Contents

목 차

Contents

꿈_맑은 냇가에서 수많은 자라를 잡은 꿈_코끼리가 뱃속으로 들어온 꿈_많은 새가 날아가거나 앉아 있는 것을 본 꿈_예쁜 공작새가 집 안으로 들어온 꿈_화려한 공작새가 날개를 펴는 꿈_수많은 갈매기가 자신을 에워싼 꿈_큰 구렁이에게 물린 꿈_누런 빛을 띤 구렁이가 자기 뒤를 따라다닌 꿈_청구렁이나 점박이 구렁이가 산 속에 길게 늘어서 있는 꿈_우물가에서 뱀과 지네가 함께 어울려 노는 꿈_달리는 말을 본 꿈_말에게 먹이를 준 꿈_돼지를 해치러 오는 호랑이와 사자를 때려잡는 꿈_한꺼번에 돼지 수십 마리가 자기 집으로 몰려들어온 꿈_인어를 붙잡아온 꿈_곰이 새끼 낳는 것을 본 꿈_누런 암소가 얼룩무늬 송아지를 낳는 꿈_집 안으로 호랑이가 들어온 꿈_호랑이의 눈이 안개 속에서 번쩍인 꿈_예쁜 흰 토끼가 집 안으로 들어온 꿈_집안 식구가 토끼새끼를 안고 들어온 꿈_청룡이 여의주를 물고 뱃속으로 들어온 꿈_임산부가 용을 낳은 꿈_쌍룡이 몸을 꿈틀거리며 승천하는 꿈_뱀과 성교한 꿈_큰 구렁이가 용마루로 들어간 꿈_달덩이가 떨어져 양귀비꽃이 되는 꿈_윗사람한테서 유채꽃 한 다발을 받은 꿈_윗사람한테서 인삼을 받은 꿈_산신령한테서 산삼을 받는 꿈_예쁜 카네이션을 치마 속에다 감추었던 꿈_철쭉꽃을 꺾어서 품 안에 감추었던 꿈_산봉우리 쪽으로 솟은 산삼을 많은 사람이 우러러본 꿈_붉은 고추를 바구니에 가득 따온 꿈_싱싱한 오이를 먹은 꿈_대추를 따서 먹은 꿈_토실토실한 알밤을 주워서 집으로 돌아온 꿈_꼭지가 있는 사과나 배를 따는 꿈_예쁜 복숭아 하나를 얻어 가지고 품속에 넣었던 꿈_탐스런 앵두알을 앞치마에다 가득 담았던 꿈_꽃을 보거나 꺾은 장소가 유난히 돋보였던 꿈_고목나무에 꽃이 피어난 꿈_맑은 물에 떠 있는 모란꽃을 건져낸 꿈_무궁화꽃이 치마 속으로 들어온 꿈_민들레꽃을 품 안에 꼭 안았던 꿈_쌍가락지를 얻은 꿈_금반지를 얻은 꿈_수많은 반지를 얻은 꿈_책을 얻거나 많은 책을 가지고 있었던 꿈_사과나 귤 등의 여러 종류의 과일이 놓인 가운데서 배를 잡은 꿈_임산부가 과일을 낳는 꿈_나무 밑에서 열매를 따는 꿈_푸른빛을 띤 열매를 본 꿈_대추나무 밑에서 대추알을 받는 꿈_붉은 대추를 많이 따온 꿈_개울가에서 예쁜 차돌을 주워서 집으로 가져온 꿈_살고 있는 집의 우물물이 철철 넘쳐흐르는 꿈_큰 시루에 가득 담긴 떡을 혼자서 다 먹어치운 꿈_재떨이를 선물로 받거나 얻게 된 꿈_왕궁에서도포자락을 붙잡고 매달리는 꿈_아내가 남편의 의복을 걸치는 꿈_거울을 선물 받은 꿈_은수저를 얻은 꿈_꿈에 금비녀를 보면_치마폭에 태양을 받은 꿈_별을 따가지고 앞가슴에 넣은 꿈_별이 떨어진 자리에 나비가 날아드는 꿈_떨어지는 별을 치마에 받거나 삼키거나 별이 지붕마루에 구른 꿈_성화를 들고 계속 달린 꿈_자기 몸에서 빛이 나는 꿈_파도가 거세게 몰아치는 꿈_호수에 잠긴 해를 건져 집으로 돌아온 꿈_숲 속에서 호랑이 새끼를 얻은 꿈_강가나 개울가에서 빛나는 수석을 주운 꿈_스님이 문전에서 목탁을 두드리며 염불하는 꿈_누군가로부터 금불상을 얻은 꿈_법당 안에 있는 사천왕이 눈을 부릅뜨고 있는 것을 본 꿈_산신령이 동자를 데리고 나타난 꿈_신령적인 존재가 문서를 가져다 준 꿈_상여가 나가는데 만장이 펄럭이고 조객이 많았던 꿈_하늘에 있던 해를 손으로 따 가진 꿈_태양이 지붕에 떨어져서 데굴데굴 구른 꿈_온실같은 방안에 푸른 오이가 빛이 나고 윤이 나는 꿈_밭귀퉁이에 덜 익은 푸른 복숭아를 딴 꿈_정신없는 사람들 틈바구니 속을 걸어다니며 알밤을 줍는 꿈_수북이 쌓인 수박 무더기를 보고 수박을 고르며 쓰다듬는 꿈_길에서 푸른 고추를 손에 받은 꿈_아내가 잠옷을 갈아입는 것을 본 꿈_붉은 석류가 터지고 하늘에서 금비가 내리며 빛이 나는 꿈_논에서 우렁이를 캐서 크고 작은 것을 치마에 싼 꿈_방 안이나 지하철 안에서 노는 물고기를 본 꿈_참새 떼 중에 한 마리가 방 안으로 들어온 것을 잡은 꿈_남편이 큰 메기 한 마리를 낚아올리는 꿈_큰 잉어 세 마리 중 두 마리만 싱싱하게 살아있는 꿈_솔가지 안에 조개가 다닥다닥 붙어 있는 꿈_자신이 용을 타고 거대한 바다 속으로 들어간 꿈__새떼가 날아와 그 중 제일 큰 것을 잡는 꿈__마당에 있는 용을 보면__용이 방 안에서 헤매고 있는 꿈__학이 품 안에 들어가거나 어깨에 앉는 꿈__비둘기에 관한 꿈__저수지에 붉은 금붕어가 있고 산새들이 지저귀는 꿈__길 잃은 사슴 새끼를 구해주었는데 황금 사슴으로 변한 꿈__공작새를 사서 큰 닭장 안에 넣은 꿈__봉황 한 쌍이 나란히 앉아 있는 꿈__비단뱀, 꽃뱀 등 무늬가 아름다운 뱀들이 자신을 쫓아오는 꿈__머리를 쳐든 푸른 뱀 한마리가 따라오는 꿈__기도하고 있는 아내 앞에 용이 나타나 불을 뿜어내려다가 되돌아간 꿈__논에서 헤엄치고 있던 잉어가 용이되어 하늘로 승천하는 꿈__수많은 뱀을 보면__캄캄한 한 밤중에 용이 승천하는 꿈__사냥꾼의 화살에 맞은 흰 돼지가 자신의 품으로 달려드는 꿈__갯벌에서 용의 머리를 캐어내는 꿈__호랑이새끼 두 마리를 한꺼번에 안은 꿈__어미 호랑이가 새끼 호랑이를 품에 안고 보살피는 꿈__호랑이가 품 안으로 달려드는 꿈__큰 구렁이와 관계되는 꿈__공동 우물에서 큰 구렁이와 그 밑에 지네가 득실거리는 꿈__노인에게서 인삼 한 뿌리 받은 꿈__붉고 누런색을 띤 고양이가 자신의 등을 무는 꿈__푸른색 구렁이가 몸을 아래로 늘어뜨리고 있는 꿈__황소 세 마리가 메어져 있는 것을 본 꿈__말을 타고 달리는 사람들을 보는 꿈__색이 다른 돼지새끼를 낳는 꿈__사슴들이 깊은 산 속에서 뛰노는 꿈__중돼지가 언덕길을 쏜살같이 내려와 외양간에 눕는 꿈__산돼지를 데려오거나 안은 꿈__족제비들을 붙잡거나 앞으로 자신과 부딪치는 꿈__고양이에게 물린 꿈__자궁에 사자 문장을 보는 꿈-알렉산더 대왕__내려온 용을 바라보다가 깬 꿈__오색 구름이 바다를 건넌 뒤 집을 짓는 꿈__새가 방안으로 들어온 꿈__신발을 얻은 꿈__닭이 지붕 위에서 우는 꿈__학을 타고 하늘을 나는 꿈__꾀꼬리가 방안으로 날아드는 꿈__제비를 가까이 한 꿈__별이 땅에 떨어져서 그 자리에서 벌 세 마리가 날아와 맴돈 꿈__창밖에서 지저귀는 참새떼 중에 한 마리가 방안으로 들어온 것을 잡으면_새떼 중에 가장 큰 것을 잡으면_구렁이 머리위의 동자를 쓰다듬어주는 꿈_눈이 까만 금붕어를 보거나 좋아지는 꿈_따뜻한 햇볕이 쬐는 마당에 앉아 있는데 나비 한 마리가 어깨나 몸에 앉는 꿈_하늘에서 새가 떼를 지어 우는 꿈_까치가 우는 꿈_봉황새 한쌍을 보는 꿈_비둘기가 날아가는 것을 보는 꿈_새가 많이 날아가거나 앉아 있는 것을 보는 꿈_새 떼 중에 가장 큰 한마리가 방으로 날아드는 꿈_소를 한마리 몰고 산을 내려오는 꿈_탐스럽고 빛깔이 좋은 사과를 따서 가져오는 꿈_황금 독수리가 날아가고 용 두 마리가 승천하는 꿈_용 세 마리가 품안에 들어오는 것을 본 꿈_큰 옥수수를 주워가지고 들어오는 꿈 _씨앗 다섯 개를 받는 꿈_태극 깃봉같은 빨간 열매 세 개를 가져온 꿈_호랑이가 여자로 변하고 미소짓는 꿈_옥중살이를 하는 꿈_떨어진 밤을 집어드는 꿈_대추나무에 빨간 대추가 주렁주렁 열려있는 꿈_누런 사슴이 안방으로 뛰어들어 잡는 꿈_백발이 성성한 노인이 반지를 끼워주는 꿈_파란 고추가 주렁주렁 열려있는 밭에서 빨간 고추를 따는 꿈_자라가 물에서 뭍으로 올라오는 꿈_호박만한 누런 감을 치마에 매일매일 가득 담는 꿈_꿈속에서 아이를 낳았는데, 피노키오 코처럼 길어지는 꿈_파란 고추를 받고 고추 끝 주름이 잡힌 그 부분에 시선이 가 있는 꿈 _꿈에 하늘이 맑으면_아내가 비단옷을 입으면_아내가 남자 옷을 입으면_인(도장)을 가지면_눈부시게 아주 흰 고래 꿈_커다란 용이 여의주를 물어다 주는 꿈_나무에 달린 잘 익은 감을 보는 꿈_크지도 않은 검은 뱀이 겨드랑이를 물린 꿈_알이 큰 밤 두 개씩을 양손에 쥐는 꿈_밤을 하나 골라 가지는 꿈_꿈에 큰 짐승을 보면_꿈에 타인에게 조문하면_꿈에 임신한 여자가 고추를 사용하면_꿈에 여자가 금을 주우면_꿈에 손으로 산을 두드리면_돌을 가지고 장난하면_참외를 먹으면_외씨를 먹으면_곰을 보면_우물에서 용이나 뱀이 나오는 꿈_산돼지에게 쫓기는 꿈_소가 새끼를 낳는 꿈_빨간 고추, 그것도 탐스럽고 큰 고추를 땅에서 쑥 뽑아낸 꿈__꿈에 가지를 먹으면__꿈에 금붕어를 보면__꿈에 금비녀가 빛나고 길하면__꿈에 칼을 보면__담에 있는 용을 보면__용이 방안에서 헤메이고 있으면__나비를 본 태몽은__호랑이, 사자에게 물리는 꿈__몸에 구렁이가 감기면__누런 뱀이 치마속으로 들어오면__집안에서 봉황 한 쌍을 기르는 꿈__복숭아가 떨어져 먹으려고 했으나 썩어서 먹지 못한 꿈__뱀의 머리나 꼬리를 삽으로 자른 꿈__상처가 난 뱀을 남편이 들고 온 꿈__학교의 교탁위에 뱀이 기어와 누워 있는 꿈__뱀이 교실 안을 이곳저곳 돌아다니는 꿈__실하고 파릇파릇한 부추를 묶는 꿈__예쁜 백마가 뒤에 새끼들을 데리고 집으로 온 꿈__남편이 검은색 두루마기에 새하얀 동정을 달고 훤칠한 모습으로 나타난 꿈__부엌으로 낙타가 들어와서 물을 달라고 한 꿈__집안에 둔 화분에 열매가 주렁주렁 열린 꿈__산이나 길가에 핀 아카시아 꽃향기에 흠뻑 취한 꿈__붉은 빛깔을 띤 나비가 꽃밭이나 하늘을 날아다닌 꿈__우물에 나뭇가지가 꼿꼿하게 서서 둥둥 떠있는 꿈__마당에 과일나무를 심는 꿈__노란 국화꽃을 한아름 가득 꺽은 꿈__가을 들녘에 오곡백과가 무르익어 풍요로운 꿈__난초를 기르거나 죽순이 돋아나는 꿈__마당의 감나무에 홍시가 주렁주렁 열린 꿈__덜 익은 푸른 호박을 딴 꿈__뱀이 황소를 칭칭 감자 화가 난 황소가 뱀을 밟아 죽인 꿈__싱싱한 오이를 친정 아버지에게서 받는 꿈__집안의 대들보에 열쇠가 걸려있는 꿈__임신중에 구렁이에게 물리는 꿈은__작은 실뱀이 우글거리는 꿈은__잔디밭에서 풀을 뜯고 있는 말을 보는 꿈__적룡과 흑룡이 몸을 뒤틀며 하늘로 올라가는 것을 본 꿈__집안에 호랑이가 앉아 있거나 집안으로 들어오는 것을 본 꿈__청색 구렁이가 산꼭대기에서 산 아래를 향해 긴 몸을 늘어뜨리고 있는 꿈__큰 뱀을 보는 꿈__돼지 새끼를 어루만지는 꿈__돼지 우리에 돼지가 가득 차 있고 돼지 새끼가 우글거리는 꿈__돼지가 떼를 지어 부엌으로 들어오는 꿈__뱀이 우글거리는 것을 보면서 미소를 짓는 꿈__빨간 실뱀이 치마폭으로 들어오는 꿈__용이 손가락을 무는 꿈은__지네, 지렁이, 곤충, 누에 나비에 관한 꿈__코끼리, 호랑이, 사자, 곰, 양, 사슴에 관한 꿈__신선이나 동자가 옷을 주는 꿈__벌거벗은 사내아이가 물 속에서 노는 꿈__구렁이가 즐비하게 늘어져 있는 꿈은__호랑이 한마리가 새끼 호랑이를 품에 안고 혀로 핥아주고 있는 꿈__푸른색을 띤 뱀 한마리가 머리를 쳐들고 자꾸 따라오는 꿈__길을 잃고 헤매는 사슴 새끼 한 마리를 치마폭에 싸서 집으로 가져왔더니 황금 사슴으로 변해하는 꿈__뱀을 보거나 물리는 꿈__용이 하늘로 승천하는 꿈__돼지, 소, 말을 보는 꿈__무지개를 향하여 달려가는 꿈__번개불을 보는 꿈__샘물을 마시는 꿈__우박이 갑자기 지붕을 온통 뒤덮는 꿈__해가 강에서 떠오르는 꿈__해를 손으로 만지거나 따는 꿈__해를 치마폭에 받는 꿈__해 두개가 붙어 보이는 꿈__높은 산에서 떨어지는 꿈__산을 통째로 삼키거나 품에 안는 꿈__강을 건너는 꿈, 물이 마른 강을 보는 것__초승달을 보는 꿈__금빛 태양이 자신을 향해 이글거리는 꿈__달을 보고 잉태하는 꿈__무지개를 타고 선녀가 내려오는 꿈__예쁜 조약돌을 줍거나 강속의 조약돌을 보면__산꼭대기에 올라서거나 높은 산에서 떨어지는 꿈__들판에 익은 벼를 보거나 추수하는 꿈__평온한 바다를 보는 꿈__해일이 일어나는 바다를 보는 꿈__구름 위를 나는 꿈__오이를 보면__호박을 따면__꽃이나 과일을 보면__우물을 보면__감을 줍는 꿈을 꾸면__조개를 잡으면__임신한 여자가 숟가락, 젓가락을 가지면__꿈속에서 아들을 낳으면__뱀이 굴에서 나와 다른 굴로 들어가는 꿈__수탉이 된 학을 솥에 삶았더니 사람이 되었다가 다시 학이 되어 날아가는 꿈__눈 덮인 산을 오르는 꿈__큰 눈덩이가 방안에 쌓이거나, 폭설을 보는 꿈__쌍무지개를 보는 꿈__해를 삼켜버리는 꿈__보름달을 보는 꿈__별이 떨어지거나, 삼키는 꿈__하늘이 갈라지거나 무너지는 꿈__하늘에 오르거나 하늘문이 열리는 꿈__달이 품안으로 들어오는 꿈__흙을 만지거나 흙에 눕는 꿈__많은 황색 구렁이가 늘어서 있는 것을 보는 꿈__파란색 구렁이가 산정에서 그 몸체를 아래로 늘어뜨린 것을 본 꿈__임산부가 금불상을 얻는 꿈 __하늘에서 별이 떨어지고 주위에 여러 마리의 나비가 날고 있는 꿈 __거울에 자기 얼굴을 비쳐보며 화장하는 꿈__신령이나 의사로부터 약과 약초를 받는 꿈__갑옷을 입은 장군이 말을 타고 집안으로 들어오는 꿈__구름, 눈, 비, 무지개를 보는 꿈__비가 억세게 내리는 꿈__맑은 물에서 연어를 잡는 꿈이나 이와 비슷한 꿈__큰 호랑이를 보고 두려워하거나 도피하여 숨는 꿈__뿔이 달린 용이 집안으로 들어오는 꿈__황금 단추 여섯 개 중 두 개만 가진 꿈__호박 하나를 사 가지고 집으로 돌아오는 꿈__소를 끌고 다리에 가보는 꿈__공중에서 포도송이가 내려오는 것을 받는 꿈__청룡이 하늘에서 내려와 방으로 들어오는 꿈__곳간에 밤이 가득 차 있는 것을 보는 꿈__예쁜 새끼 사자가 집으로 들어오는 꿈__낚시로 맑은 물에서 신묘한 오색 잉어를 낚아 올리는 꿈__청룡이 산모 뱃속으로 들어가는 꿈__땅속에 사는 용이나 큰 통나무 뱀이 집안으로 들어오는 꿈__우아하고 예쁜 꽃 항아리 안에 귀금속과 에머랄드가 가득 담겨 있는 꿈__조상이 사용하던 밥그릇을 얻는 꿈__무덤 옆에 상여나 정자각이 있는 꿈__밭에서 배추를 뽑아 가지고 집으로 돌아오는 꿈__배를 따온 꿈__큰 구렁이와 관계된 꿈을 꾸고 태어난 여자아이에 관한 꿈__달과 별을 보고 합장을 하는 꿈__산에서 산신령이 어린 동자를 데려다 준 꿈__계란 속에서 용이 나오는 꿈__용 두 마리가 집으로 들어오는 꿈__친척집이나 친구에게 과일과 먹을 것을 얻는 꿈__임산부의 꿈에 황새떼가 나무위에 무수히 앉아 한가롭게 노는 꿈__포도 한 송이를 훔쳐서 몸속에 감추는 꿈이나 비슷한 꿈__맑은 물속에서 반짝거리는 다이아몬드를 건져내는 꿈__불꽃 덩어리를 속옷에 넣는 꿈__노란색 화분을 방안에 들여왔는데 꽃이 지고 열매를 맺는 꿈__더러운 장소에서 용을 보는 꿈__용이 구름에 올라 천둥벼락을 치는 꿈__성모마리아로부터 비둘기 한 쌍을 받는 꿈__백합꽃을 꺾어 가지고 품속에 넣는 꿈이나 이와 비슷한 꿈__빨간 나비가 푸른 산 계곡을 날아다니는 꿈__나무에 걸린 달을 따 가지고 집으로 돌아오는 꿈__과일가게에서 토마토를 훔쳐 오는 꿈__아침 태양을 바라보며 절을 하는 꿈__돼지를 해치려 오는 표범과 사자를 때려잡는 꿈__임산부가 한 마리의 붕어를 강에서 손으로 잡아 두 팔로 안고 온 꿈__황금덩어리가 뱃속으로 들어와 임신을 하는 꿈__학이 마당에서 사람과 노는 꿈__임산부가 날아다니는 곤충을 본 꿈__산봉우리를 따 가지고 집으로 돌아오는 꿈__창문 밖을 내다보니 큰 돼지가 벙글벙글 웃으며 철봉을 하고 있는 꿈 __도인으로부터 황금을 받는 꿈, 혹은 비슷한 꿈__금비녀를 얻는 꿈__맑은 강물 위에서 큰 호박 하나를 건져내는 꿈__조약돌을 손에 쥐고 주물럭거리는 꿈__산에서 돌 두 개를 양쪽 겨드랑이에 각각 끼고 온 꿈__금붕어가 땅에 떨어져 어항에 집어넣는 꿈__맑은 물에 가지를 깨끗이 씻는 꿈__산신 할아버지나 사회 지도자로부터 큰 다이아몬드 덩어리를 받는 꿈 __지평선 너머에서 해와 달이 떠오르는 꿈__죽순을 꺾어오는 꿈__국기를 방안에 펼친 꿈__바다에서 인어를 붙잡아 온 꿈__호수 주변에서 옥을 줍는 꿈__금은방에서 예쁜 다이아 반지를 사 가지고 집으로 돌아오는 꿈__임산부가 백마를 낳는 꿈__방안에 물이 가득한데 물고기가 노는 것을 보는 꿈__물에서 나온 금빛 잉어가 용이 되어 구름 속에서 불꽃 덩어리 두 개를 떨어뜨린 꿈__하얀 옥 항아리 속에 세 개의 진주 알이 알알마다 용이 되어 하늘로 오르는 꿈__국가 원수나 백발 노인으로부터 황금 검을 얻는 꿈이나 이와 비슷한 꿈__하마가 큰 입으로 태양을 먹는 꿈__치마 속으로 누런 구렁이가 들어오는 꿈 __푸른 잔디 위에 놓여 있는 비취반지를 줍는 꿈__황금빛 태양이 사람의 얼굴로 변하여 벙긋벙긋 웃는 꿈__기린에 관한 꿈__깊은 산속에서 과일을 따는 꿈__금붕어가 서로 뒤엉켜 있는 것을 보는 꿈__가지를 속옷이나 앞치마에 담는 꿈__미확인 비행물체가 입을 통해 뱃속으로 들어오는 꿈__감방 안에서 아침 햇덩어리를 먹는 꿈__작은 새의 꿈__과일을 치마 속이나 허리춤에 감추는 꿈__아름답고 예쁜 핑크빛 사파이어 반지가 환히 한눈에 들어오는 꿈_달에서 토끼가 떡방아를 찧고 있는 꿈_꽃사슴 새끼가 집안으로 들어오는 꿈이나 이와 비슷한 꿈_맑은 강에서 예쁜 붕어가 놀고 있는 꿈_임산부가 학이 들판이나 숲속에서 노는 것을 본 꿈_예쁜 나비를 잡는 꿈_음식의 종류도 모르면서 닥치는 대로 먹어치웠는데 그것이 태몽인 꿈_많은 조개를 잡는 꿈_청룡이 여성의 성기 안으로 들어오는 꿈이나 이와 비슷한 꿈_남의 집에서 예쁜 오팔반지를 훔쳐 가지고 나오는 꿈_소나무 밑에 동물이 있는 꿈_용이 이불 안으로 들어오는 꿈_구관조가 방안으로 들어오는 꿈_매화가 매실을 맺는 것을 보는 꿈_스승이나 목사, 신부로부터 양식을 받은 꿈_남의 집에서 반지를 얻는 꿈_호랑이를 타고 대궐이나 큰 저택 등의 대문으로 들어가는 꿈_하늘에서 떨어지는 영롱한 옥덩어리를 앞치마로 받는 꿈_제비가 치마 속으로 들어오는 꿈_임산부가 집안이나 공공장소에서 어항 속의 금붕어를 들여다보는 꿈 …

넷째마당 유명인의 태몽 _191

는데, 다시 찾아 보니 없어진 꿈 __병아리가 물 속에 빠져 죽는 꿈__새가 날개가 꺾여져 추락하는 꿈__속이 빈 씨앗을 받는 꿈__학이 숨도 안쉬고 누워있는 꿈__유아용 숟가락을 버린 꿈__무밭에서 무를 뽑았는데 반으로 쪼개지는 꿈__물고기를 내버리는 꿈__앞에 있는 금붕어는 보기 싫고 뒤에 있던 금붕어는 좋아지는 꿈__용을 떨쳐 낸 꿈__개나 뱀을 때려 죽이는 꿈__구렁이가 사라진 꿈__비쩍 마른 송아지가 들어왔다가 나간 꿈__쫓아오는 사자를 피해 숨었더니 사자가 되돌아간 꿈__맛이 없다고 과일을 뱉어버리는 꿈__용이 하늘에서 떨어지는 꿈은__사막을 걷는 꿈__우뢰, 폭풍우, 우박이 내리는 꿈__눈 덮인 산에서 내려오는 꿈__사납고 큰 동물이 갑자기 자신에게 달려드는 것을 한 번에 죽이는 꿈__잉어를 사 가지고 오다가 땅에 떨어뜨리는 꿈__잠자리 표본을 보게 되는 꿈__호랑이나 사자를 피해서 도망치는 꿈__가구의 위치를 바꾸거나 돌려놓는 꿈__상한 음식을 얻거나 먹으면

불에 타 죽는 꿈__전복된 차 위에 승용차 두 대가 덮치는 꿈__헬기를 타다 죽는 꿈으로, 1억원 당첨__참새를 선택한 꿈__터진 물줄기에 몸을 적신 꿈__우물에서 조개 세 개를 캔 꿈__시체 꿈으로 계약 성사__시체 꿈으로 상을 탔어요__집안에 구더기가 가득한 꿈__바다에서 수영하는 꿈꾸고 보물선 발견__대마잡고·엘리베이터 타는 꿈…주식 대박__물고기 한 마리를 받은 꿈__장닭이 손가락을 문 꿈, 고양이가 새끼를 낳은 꿈__뱀을 여러 마리 잡는 꿈__황산벌 개봉 전에 꾼 박중훈 어머니의 불꿈__MVP 영예를 예지, 정민태 선수 장모님의 불나는 꿈__불꿈과 시체꿈을 꾼 영화 '투사부일체'의 정준호__대나무 밭을 가꾸고 화롯불을 쬐는 꿈으로

복권당첨__야광탄을 발사해 화재가 일어난 꿈__돼지꿈이나 백조, 호랑이 새끼 꿈, 귀인이 나오는 꿈__거북이 두 마리가 자신의 어항에 담겨 있는 꿈__누워 있던 자리에 수백마리 뱀들이 무리지어 있는 꿈__주머니에 뱀과 지네가 들어있는 꿈__뱀에 물린 다리에서 하얀 피가 철철 나는 꿈__노란 금반지를 받는 꿈__탐스러운 감 두 개를 따오는 꿈__예쁜 도자기 두 개를 품에 안는 꿈__돌아가신 시아버님에게 도자기를 받은 꿈__별 다섯 개가 하늘에서 내려와 이마에 앉는 꿈__대통령 명함 두 장 받는 꿈__스님의 손을 잡은 꿈__회사 사장이 누추한 집을 방문하는 꿈__죽은 남편 꿈꾸고 로또 1등 당첨__어머니 꿈 꾸고 로또 1등에 68억원에 당첨__돌아가신 어머니가__황소 두 마리를 끌고__추수하는 꿈__조상이 홍수를 피하라는 꿈__흔들리던 이가 빠진 꿈__두명의 경찰관에게 체포되는 꿈, 남편과 이혼하는 꿈__폭력배들에게 맞아 경찰서로 가던 중, 얼굴에 딱지 2개가 생긴 꿈__세숫대야에 가득한 사금(沙金)을 본 꿈__예쁜 여자가 웃는 꿈으로 복권 5억원에 당첨__오락기에서 동전과 상품권이 쏟아지는 꿈__즉석복권을 긁어 2000만원이 나오는 꿈__채무를 상환하는 꿈__동전 두 개를 줍는 꿈__

어떤 꿈이 좋은 태몽일까?

태몽을 이끄는 대상이나 사물, 즉 아기를 나타내는 상징물이 흠집 없이 건강해야 한다. 이것이 부서지거나 부족할 때, 상처가 있거나 아플 때, 푹 익거나 너무 늙은 것, 기운이 없어 보이는 꿈은 좋지 않다. 또한 태아를 상징하는 사물을 가까이에서 목격하거나 안는 등 몸에 완전히 접촉해야 한다. 잘 받아들고 잃어버리거나 따라오는 데 도망치는 것은 흉한 태몽이다. 태아를 상징하는 사물을 다른 사람에게 주거나 태아의 상징이 숨는 것도 길하지 않다.

꿈의 느낌이 즐겁고 신비할수록 좋다. 태몽에는 평소에는 무서워 가까이 가지도 않는 짐승 등이 나타나기도 한다. 그러나 실제와는 달리 따뜻하고 친근하게 느껴져야 한다. 또 꿈을 꾸고 난 뒤 정신은 또렷하지만 느낌이 신비할수록 좋은 태몽이다.

태몽은 과학이 아니다. 정확하게 말하면 남자아이를 낳는 꿈, 여자아이를 낳는 꿈은 없다. 여성적인 태몽, 남성적인 태몽이 있을 뿐이다. 여성적인 태몽의 경우 여아를 낳을 확률이 높지만 반드시 여아만 출생하는 것은 아니기 때문이다. 남성적인 태몽 역시 마찬가지다. 태몽에 나타나는 상징물만큼 중요한 것이 상황이다. 같은 사물이라도 어떤 상태의 것을 보았는가, 몇 개를 보았는가에 따라 달라질 수 있기 때문이다.

태몽에 자주 등장하는 표상

갈매기

여성적인 태몽. 특히 항구나 바닷가에 수많은 갈매기가 날아와 자신을 둘러싸는 꿈은 딸을 암시한다. 이 아이는 자라서 비교적 높은 위치에 올라서게 되고 이로 인해 주위 사람들로부터 질투를 많이 받게 된다.

거북이

이 태몽으로는 아이의 성별을 예견하기가 어렵다. 그러나 거북이의 등에 올라타고 바다를 건너는 꿈이나 거북이를 만지는 꿈은 아들을 암시한다. 거북이 태몽인 아이는 여자이든 남자이든 오래 살고 조직의 우두머리가 될 것이다.

공작

화려한 공작새는 아들을 의미한다. 특히 공작새가 날개를 활짝 펴고 뽐내듯이 걸었다면 귀한 아들을 얻게 된다. 장차 이 아이는 사람들의 선망을 받는 높은 지위에 오른다.

말을 타고 달리거나 달리는 사람이 나오는 태몽은 아이의 인생이 말을 달리듯 순탄함을 암시한다. 이 아이는 정치나 사업 분야에서 제 뜻을 이룰 수 있고 정치가나 고급 관리가 될 것이다. 넓고 비옥한 들판이나 푸른 잔디밭에 매어있는 말이 태몽인 아이는 평생 의식주가 풍부할 운이다.

뱀

뱀은 성별이 모호하다. 그러나 실뱀은 대부분 딸이며 굵은 구렁이는 아들인 경우가 많다. 뱀을 태몽으로 하는 딸은 매우 영리하며 성장해서는 학문적으로 성공할 가능성이 높다.

실뱀들이 뒤엉켜 있는 꿈, 색과 무늬가 아름다운 뱀이 나오는 꿈은 여성적인 꿈이다. 딸을 낳게 되면 사람들에게 인기가 많으며 패션이나 디자인, 미술 쪽에 소질이 있다. 작지도 크지도 않은 뱀이 따라 다니는 꿈 중간 크기의 뱀이 졸졸 따라다니거나 물려 달려드는 꿈 역시 여성적인 태몽이다. 이 아이는 욕심이 많으며 고집이 세지만 리더십이 강하다. 교직, 의류나 섬유 계통으로 진출하면 성공하겠다.

봉황

　　　　화려한 빛을 내는 봉황이 훨훨 날아다
니는 태몽은 매우 길하다. 이 아이는 두뇌가 매우 명석한 동
시에 적극적이고 활동적이어서 어디에 가든 눈에 띄는 존재
가 된다. 이름을 널리 드날리는 이도 적지 않다.

붕어

　　　　예쁜 붕어를 잡아서 어항 속에 담아놓
는 꿈, 물 속에서 한가롭게 움직이는 아름다운 붕어들을 보
는 꿈은 아들을 상징하는 태몽이다. 학업 성적이 뛰어나지는
않지만 남들보다 처지지도 않지만 내성적이다.
이 남아는 약간 내성적이며 섬세하고 예술 방면에 뛰어난 소
질을 갖고 있다. 따라서 건축이나 설계, 문학 등으로 진출하
는 것이 좋다. 특히 붕어 한 마리를 손으로 잡아 두 팔로 안
는 태몽은 아이가 명성과 부를 겸비한 작가가 될 가능성이
높다.

비둘기

　　　　여성적인 꿈이다. 이 아이는 성품이 어
질고 천성적으로 남을 도와주는 것을 즐겨하는 성품이다. 따
라서 사회사업에 관계된 일이 잘 어울린다.

사슴

　　　　　사슴은 아들을 상징한다. 둘째 아들인 경우 태몽으로 사슴 꿈을 꾸는 일이 많다. 사슴이 조용히 산책하며 풀을 뜯어먹는 꿈을 꾸었다면 이 아이는 조용하고 내성적일 확률이 높다. 그러나 머리는 매우 명석하다. 사냥꾼 등을 피해 집으로 숨어 들어온 사슴 역시 아들을 의미한다. 이 아이는 크게 성공하거나 재물을 벌어들이지는 못하나 효성이 지극하다.

커다란 뿔이 있는 사슴이 늠름하게 뛰어다니는 꿈 역시 아들일 확률이 높다. 이 아이는 국가의 녹을 먹을 운세로 군인이나 공무원 등 관직에 진출하게 된다. 또한 노력하면 높은 지위에 오를 수도 있다. 깊은 산 속에서 사슴들이 뛰노는 꿈은 길한 태몽이다. 이 아이는 국정(國政)에 참여하는 직업을 얻거나 큰 부자가 되어 사회적으로 업적과 이름을 날릴 것이다.

소

　　　　　집안의 어른이 황소를 끌고 집으로 들어오는데 소가 얌전히 따라 들어오는 태몽은 아들일 확률이 높다. 이 아이는 집안에 경사를 가져다주는 훌륭한 자식이거나 오랫동안 기다리던 자손이다. 성품은 소처럼 뚝심과 고집이 있고 운동이나 기술 계통으로 소질을 보인다.

풀밭에 소가 있는 꿈은 남성적인 꿈이다. 풀밭이나 푸른 잔디밭에 살이 잘 오른 소가 누워있거나 풀을 뜯고 있는 꿈을 꾸었다면 조상이 늘 이 아이를 잘 보살펴 줄 것이다. 따라서 사업 운이 있으며 풍족한 생활을 누릴 운세이다. 운동, 무용, 기술 계통에 소질이 있으니 이 계통으로 사업을 하면 성할 것이다. 다만, 다소 내성적거나 재주가 늦게 트일 수는 있다. 그러나 특유의 뚝심과 고집으로 원하는 바를 밀어붙이고 마침내 뜻을 이루는 성품이다.

황금빛 누런 털을 가진 황소를 태몽으로 꾸었다면 아들을 나타낸다. 특히 이 황소가 튼튼하고 적당히 살이 올라 있다면 아이는 황소처럼 건강하고 운동 신경이 뛰어나다. 어미 소가 송아지를 낳는 태몽 역시 아들이다. 그러나 어미 소와 송아지의 색이 다르다면 이 아이는 독립심이 강해 일찍 독립할 것이다. 또한 부모의 도움 없이 자수성가할 운세이다.

용

용꿈은 매우 남성적인 태몽으로 대부분 아들을 낳게 된다. 그러나 꿈의 전체적인 느낌이 어딘가 어설플 때는 딸일 수도 있다. 딸을 암시하는 용꿈으로는 난데

없이 청룡 두 마리가 나타나 승천하는 꿈이나 용이 어두운 밤에 승천하는 꿈이 대표적이다. 그러나 이 여아는 누구 못지않은 능력과 사회활동을 하며 큰 그릇이 될 것이다. 부모에게 효도하고 형제 사이에는 우애가 깊으며 가족의 버팀목이 될 만하다.

여러 마리의 용이 천둥번개를 뿌리며 승천하는 꿈을 꾸었다면 아들을 낳을 가능성이 높다. 이 아이는 타고난 재능으로 인해 크게 성공하는데 사업보다는 정치가 유망하다. 상처를 용이 하늘을 날고 있는 태몽은 아이가 재주는 비상하고 인물됨은 인정받으나 자신의 뜻을 펼치지 못하거나 평생 고독한 운세이다.

잉어를 보거나 잡는 꿈은 남성적인 태몽이다. 맑은 냇물에 발을 담그고 있는데 주위에 잉어들이 몰려드는 꿈은 성품이 착하고 아끼고 따르는 사람이 많은 아들을 얻을 꿈이다. 색이 찬란하고 화려한 잉어는 여성적인 태몽으로 여아를 출산할 확률이 높다.

제비

　　　　　　　중성적인 태몽이다. 제비가 태몽으로 이어지려면 집 처마에 둥지를 틀어야 한다. 이 아이는 영리하고 재주가 많다.

호랑이

　　　　　　　호랑이가 등장하는 태몽은 아들을 예지하는 경우가 많다. 그러나 때로는 여아가 태어날 수도 있다. 이 여자아이는 사내 못지않은 기상을 지니고 있으며 용감하고 리더십이 강해 매우 적극적으로 사회활동을 하게 된다. 사업가로 성공하거나 남편 또는 자신이 높은 지위에 오르거나 널리 이름을 떨치게 된다.

호랑이가 집안에 있거나 집으로 들어오는 태몽을 가진 아이라면 매우 밝고 낙천적이며 사람들의 인기를 얻을 운이다. 깊은 산 속에서 호랑이와 마주치는 꿈을 태몽으로 한 아이는 리더십이 강하고 판단이 정확한 성품일 가능성이 높다. 따라서 큰 사업을 하는 경영자나 권위 있는 위치에 오르겠다.

호랑이가 새끼 호랑이를 품에 안고 혀로 핥아주는 꿈은 남성적인 태몽이다. 이 아이는 어머니의 지극한 정성과 보살핌을 받을 운이다. 지구력과 끈기가 있으며 기계, 금속, 전기 등

이공계통을 전공하는 수가 많고 이 분야에서 성공하게 된다.

아이가 학을 타고 마당에 내려앉는 태몽은 남성적이며 매우 길하다. 귀한 아들이 태어나며 이 아이는 고매한 성품과 높은 명망을 지닌 학자가 될 것이다. 단, 몸이 약할 우려가 있으니 주의해야 한다.

식물이 등장하는 꿈

감

탐스러운 노란 단감이 차곡 차곡 쌓여 있는 태몽은 남성적인 태몽이다. 이 아이는 욕심이 많고 영리하며 이재에 밝다. 사업가적 기질이 넘치고 수완을 발휘하여 크게 성공한다. 말랑말랑한 홍시 역시 아들을 잉태하는 꿈이다. 그러나 단단한 단감과는 달리 이 아이는 끈기가 부족하고 크고 작은 실패를 많이 할 운세이다.

고구마

대체적으로 남성적인 태몽이다. 고구마가 많이 쌓여있거나 크고 단단하게 잘 여물수록 아이가 건강하고 재물 운도 있다. 고구마가 태몽인 아이는 건강하고 손재주가 좋은 편이다.

고추

　　　　대체로 남성적인 태몽이다. 고추가 태몽인 아이는 영특하면서 말수가 적고 내성적인 성품이 많다. 고추밭에 가서 고추를 하나만 따오는 꿈은 외아들을 암시한다. 반면 커다란 소쿠리에 고추를 한가득 채워서 가져오는 꿈은, 재물 운을 나타낸다. 이 아이는 사업가적 기질 또한 탁월해 경영 및 경제 분야에서 능력을 발휘할 것이다.

과일

　　　　꼭지가 있는 과일을 따거나 보는 태몽은 아들을 얻는 태몽. 그러나 앙상한 나무 가지에 과일이 달랑 하나 열려있다면 임신부는 건강에 특히 조심해야 한다. 나무가 임신부를 나타내므로 난산을 할 염려가 있다.

붉은 석류, 복숭아, 앵두, 머루 등이 꿈에 나오면 여자아이를 출산할 확률이 높다. 작은 앵두를 손 안 가득 쥐고 있으면 귀엽고 깜찍하며 주위 사람들에게 사랑 받는 여자 아이가 태어나고 석류가 탐스럽게 열려 있으면 예술적 재능을 가진 여아를 출산하게 된다.

과일이나 열매는 나무에 열려있는 위치에 따라 차이가 난다. 열매가 나무의 위에 있을수록 태어난 아이가 부귀영화를 누린다. 또 과일이 탐스럽고 먹음직스러울수록 태어난 아이가 건강하고 복도 많다.

　　　　　　꽃은 여성적인 태몽으로 오해받는 경우가 많으나 반드시 그렇지는 않다. 중성적인 태몽으로 꽃의 종류에 따라 남성적이기도 하고 여성적이기도 하기 때문이다.

꽃이 무리 지어 피어 있거나 푸른 들판에 피어있지 않고 삭막한 들판에 홀로 피어있다면 그 아이는 초년과 청년기에 매우 고생을 할 것이다. 그러나 타고난 머리가 좋고 의지가 굳어 부모의 덕을 받지 못해도 홀로 자수성가하고 널리 이름을 떨칠 운세이다.

화분에 곱게 핀 꽃이나 난초의 태몽은 인품이 고매하고 조용한 아이를 암시하는 태몽이다. 꽃을 꺾어 드는 꿈은 매우 중성적인 태몽이다. 이 꿈만으로는 여아인지 남아인지 예측하기 어렵지만 이 아이는 명예와 업적을 얻게 될 운이다.

　　　　　　나무 아래에 동물이 쉬고 있는 태몽은 아이가 높은 지위에 오를 것을 예견한다. 이 아이는 바르고 충직한 성품을 지녔다. 나무에 꽃이 피어있는 태몽은 매우 길하다. 태어난 아이가 널리 이름을 떨쳐 집안을 빛낼 것을 암시한다.

밤송이

이 태몽은 아들일 수도 딸일 수도 있다. 밤송이 하나에 밤 하나가 꽉 들어차 있으면 아들이고 두세 개로 나뉘어져 있으면 딸일 확률이 높다. 밤송이가 떨어져 있는 꿈을 꾸거나 바구니에 밤알이 가득 담겨져 있는 꿈은 여자아이가 태어날 가능성이 높다. 이 아이는 대체로 건강하고 재물 운도 있는 편이다.

배

남성적인 태몽이다. 아들을 낳을 확률이 높지만 어려서 잔병치레가 많고 쉽게 다칠 운세이니 조심해야 한다. 그러나 어른이 된 뒤에는 인품의 고매함을 인정받게 된다.

벼

중성적인 태몽으로 아들인지 딸인지 예측하기 어렵다. 그러나 벼가 누렇게 익은 들판에 허수아비가

서 있는 태몽은 아이가 미술에 대한 탁월한 재능을 소유하고
있음을 암시한다.

수박

　　　　매우 중성적인 태몽이다. 그 중에서 커
다란 수박은 다분히 여성적이다. 그러나 이 아이는 자신감이
넘치고 배포가 큰 성품일 가능성이 높다. 방송이나 광고 계
통에서 일하면 성공할 것이다.

오이

　　　　남자아이를 암시한다. 특히 윤기가 흐
르면서 파르스름하고 예쁜 오이는 외모가 매우 뛰어난 아이
가 태어날 것을 예견한다. 이 아이는 외모로 인해 주위의 부
러움과 사랑을 한 몸에 받을 운세이다.

포도

　　　　공중에서 포도송이가 내려오는 꿈은 매
우 중성적이다. 이 꿈은 포도송이를 받아 드느냐 먹느냐에
따라 현저한 차이가 있다. 포도송이를 받아먹을 경우 아이의
명이 짧고, 먹지 않고 손에 받아들기만 하면 아이는 자라 문
학가나 교육자가 된다고 한다.

자연물이 등장하는 꿈

달

　　　　달이 품안으로 들어오거나 떨어지지는 태몽, 달이 공중에서 영롱하게 빛나거나 달을 삼키는 태몽은 밤하늘의 달처럼 빛나고 높은 존재가 될 것임을 암시한다. 밤하늘에 보름달이 둥실 떠 있는 꿈은 여자아이를 나타낸다. 이 아이는 성품이 뛰어날 뿐 아니라 효성 역시 지극한 딸이 될 것이다.

별

　　　　밤하늘에 떠 있는 밝은 별이 갑자기 자신을 향해 떨어져서 품으로 들어오거나 치마폭에 받는 태몽은 매우 길하다. 별은 대체로 중성적인 성격을 띤다. 따라서 여아, 남아에 상관없이 생각과 행동이 진보적이면서 매우 혁신적인 인물이 될 것이다.

떨어지는 별을 삼키는 태몽이나 별이 지붕에서 구르는 꿈은 좋은 태몽이다. 이 아이는 사업이나 창작 분야에서 활동하며 뛰어난 업적이나 작품을 낼 것이다.

샘물

어떤 것이든 샘물에 대한 꿈은 태어날 아이의 창의성을 나타낸다. 따라서 이 아이는 사업이나 문학, 예술 분야에서 활동할 것이다.

해

강가나 물가에서 떠오르는 해를 지켜보고 있는 태몽을 꾸었다면 아들을 낳을 확률이 높다. 그러나 아이와의 연이 길지 않아 헤어지게 될 것 이다.

뚝 떨어지는 해를 치마폭이나 광주리에 담는 꿈은 매우 길하다. 이 아이는 어느 분야에서 최고의 권리나 명예를 얻을 운이다.

태양을 꿀꺽 삼켜버린 꿈은 길한 태몽이다. 이 아이는 권세, 명예, 재물, 업적 중 한 가지를 갖게 된다.

해가 지붕마루에 떨어져 데굴데굴 굴러가는 꿈은 대체로 중성적이지만 약간 남성적이기도 하다. 이 태몽은 매우 길한 꿈으로 아이가 자라 위대한 창작 작품이나 연구 성과 등으로 세상에 이름을 드날릴 운이다.

해를 손으로 따는 태몽은 대체로 남성적이다. 이 아이는 가장 크게는 국가 권세, 소박하게는 기업체를 운영하는 리더가 될 운세이다.

하늘에 두 개의 해가 맞붙어 떠 있는 꿈을 꾸면 쌍둥이를 낳을 확률이 높다. 또는 두 개의 사업을 동시에 진행, 경영할 것이다.

해일

해일이 일어나는 태몽은 태어날 아이가 바다와 마을을 휩쓰는 해일과 같은 기상을 가진 아이임을 뜻한다. 특히 해일이 거대하거나 파도나 힘이 거셀 때는 아들을 낳는 수가 많다.

해일을 태몽으로 하는 아이는 배포가 크고 꿈이 원대해 현실에 안주하지 않는다. 또한 위험이나 모험을 즐기는 경향이 있다. 이런 아이는 모험가, 개혁가, 정치가, 사업가, 예술가 등의 직업을 갖는 것이 좋다.

광물, 보석이 등장하는 꿈

금

금반지 한 쌍으로 된 금가락지를 소중히 간직하거나 건네받는 꿈은 아들 쌍둥이를 낳게 될 태몽이다. 금으로 만든 도장은 남성적인 꿈이다. 이 아이는 국가의 녹을 먹는 직업이 적당하다.

금으로 장식이 된 소반이나 책상을 받아 높은 곳에 두고 바라보는 태몽은 대체로 아들을 뜻한다. 이 아이는 경영에 관심과 소질이 있어 상당한 수익을 올리는 사업가가 될 것이다.

금반지를 얻는 태몽으로는 여아인지 남아인지 예측하기 어렵다. 그러나 이 아이는 성별에 관계없이 사업에 소질이 있다.

돌

돌을 집으로 가지고 들어오는 태몽을 가진 아이는 은근하고 끈기가 있으며 건강한 체질일 것이다. 이 아이는 인내심이 요구되는 학문 연구 분야에 종사하는 것이 어울린다.

예쁜 조약돌을 강가에서 줍는 꿈으로는 태아의 성별을 알기 어렵다. 이 아이는 장차 관리가 되거나 학자 될 확률이 높다.

보석

　　　　　보석으로 된 여성용 액세서리가 등장하는 태몽은 은이 많은 경우, 여자아이를 상징하며 매우 총명하다. 특히 보석상에 진열되어 있는 보석들을 보면서 가지고 싶어하는 꿈은 아이를 기다리지만 임신이 쉽게 이루어지지 않는 집안에서 흔하다.
많은 반지를 얻는 꿈은 여아를 상징한다. 이 아이는 기업, 사업, 작품 활동 분야에서 많은 성과를 올릴 것이다.
하수구나 개천에 떠내려 온 보석을 줍는 꿈은 길한 편이다. 이런 아이는 가난한 집안에서 태어나거나 현재는 부유하지만 가세가 기울 집안에서 태어나는 수가 많다. 그러나 이 아이는 타고난 의지와 두뇌로 어려운 환경을 딛고 자수성가하거나 훌륭한 인물이 될 것이다.

수저

　　　　　태몽으로는 태아의 성별을 알기 어려우나 은수저는 아들이다. 수저를 태몽으로 하는 아이는 재복이 있다.

여러 가지 태몽의 표상

햇빛이 유난히 따사
롭다고 느껴진 꿈

　　　　　예술가나 과학자가 되어 세계에 그 이
름을 떨칠만한 아이가 태어나게 된다.

은하수를 건너는 꿈

　　　　　사업 등으로 성공할 아이가 태어날 것
이다.

주먹으로 바위를 쳐
서 산산조각을 낸 꿈

　　　　　태어날 아이가 높은 관직에 올라 크게
성공하게 될 것이다.

우리 집에서 무지개
가 피어오르는 꿈

　　　　　장차 태어날 아이가 부귀공명하고, 인
기인이나 유명인이 되는 꿈

태양을 손으로 만지
거나 따는 꿈

　　　　　여자아이를 출산하게 되고, 처음에는

길하지만 나중에는 불길하게 된다.

　　　　　예술가나 과학자로 세계에 이름을 떨칠
아이가 태어날 것이다.

　　　　　아들을 출산하게 되지만 직업관계로 아
이와 부모가 헤어질 우려가 있을 것이다.

　　　　　임신이라면 똑똑한 아이를 낳게 되거나
어떤 새로운 일이 시작되는 꿈 이다.

　　　　　머리가 비상한 아이를 출산하게 될 것

이다.

고구마를 쌓아 놓고
먹는 꿈

태몽으로 , 예능이나 체육 방면에서 성공하여 스타가 될 아이가 태어날 것이다.

고구마가 산같이 쌓
여 있는 꿈

건강한 아이를 얻어, 장차 그 아이가 훌륭한 인물이 될 것이다.

인삼을 캐 오거나 사
오는 꿈

태몽으로, 장차 자라서 자선 사업을 하게 될 아이가 태어날 것이다.

예식장이 온통 화환
으로 장식되어 있는
꿈

아이가 유산의 기미가 있거나 진행하고 있는 일에 위기가 닥치는 꿈

집안의 화분에 양귀
비꽃이 곱게 피어 있
는 꿈

　　　　　　부인이나 새댁은 임신을 하여, 장차 커
서 여걸이 될 딸아이를 낳을 것이며, 돈, 재물, 횡재 등을 암시
한다.

고추를 원료로 해서
만든 음식을 먹는 꿈

　　　　　　태몽으로, 장차 태어날 아이가 사업이
나 창작에 관련된 일을 하여 재물을 얻게 될 것이다.

떡을 먹는 꿈

　　　　　　모든 면에서 부족함이 없고, 세상에 이
름을 떨치게 될 아이를 낳을 것이다.

우유를 벌컥 벌컥 마
시는 꿈

　　　　　　태어나는 아이가 장차 다방면에서 뛰어
날 것이며 세상에 이름을 떨치게 될 것이다.

남에게 음식을 대접
하는 꿈

　　　　　무슨 일을 맡겨도 시원스럽게 해결해
내는 능력을 가진 아이가 태어나게 될 것이다.

용의 문장이나 조각
을 본 꿈

　　　　　입신출세하여 장차 자신의 신분이 높아
지거나, 지도자적인 인물이 될 아이를 출산하게 될 것이다.

청룡이 오색구름을
타고 하늘을 나는 꿈

　　　　　사회지도자나 정치가, 재벌가, 유명인,
스타 등이 될 아이를 출산하게 된다.

호랑이 이빨이 빠지
는 꿈

　　　　　태어날 아이가 장차 성장하게 되면 권
력자가 되고 큰 재물을 얻게 된다.

해변가에서 많은 방게들이 들락거리는 꿈

학문에 종사하는 아이가 태어날 것이다.

조개에게 발가락을 물리는 꿈

조개는 주로 태몽으로 많이 꾸게 되는데, 태몽일 경우에는 여자아이를 낳기가 쉬우며, 장차 그 아이가 자라서 많은 재물, 사업체등을 얻게 될 것이다.

어항 속의 금붕어를 들여다보는 꿈

부인이나 새댁은 임신하여 예쁜 딸아이를 얻고, 재물, 돈 , 경사, 횡재 등이 생길 것이다.

말라 가는 저수지나 흙탕물 속에서 많은 물고기를 잡는 꿈

인기인이 되어 사회적으로 유명하게 될 아이가 태어날 것이다.

 우리아이 태몽풀이 대백과

꿩을 잡았다가 놓쳐
버리는 꿈

장차 훌륭한 인물이 될 딸아이를 낳거나 큰 업적을 이루어 상이나 훈장을 받거나 재물이나 먹거리가 들어오는 꿈이다.

비둘기에게 먹이를
주는 꿈

태몽으로, 태어날 아이가 장차 유명인으로 입신출세하게 될 것이며, 언론인, 방송인, 종교인, 법률가 등은 커다란 업적을 쌓고 세상에 이름을 떨칠 것이다.

푸른 비둘기에 끈이
묶여있는 꿈

태몽으로, 성품이 착하고 봉사정신이 강한 여아를 낳거나, 의사나 간호사 등이 될 아이가 태어날 것이다.

선녀가 아이를 건네
준 꿈

장차 큰 인물이 될 아이의 징조이다. 그러나 임신과 관계가 없는 사람이면, 하는 일의 진전이나 집안에 좋은 일이 생길 징조이다.

태몽으로 해석하면, 성직자나 영적인 자식을 갖고 태어날 태몽의 징조이고, 그 아이가 신의 보호를 받게 될 징조이다. 그러나 태몽이 아니라면, 가까운 시일 내에 협력자로부터 좋은 소식을 듣게 될 징조이다.

주위에 있는 친척으로부터 많은 도움을 받게 되거나 사업가로 성공할 아이를 출산하게 될 징조이다.

태몽으로, 부인과 새댁은 임신을 하여 예쁜 딸을 낳게 될 겁니다. 재물과 횡재수를 암시한다.

소가 쟁기로 밭을 갈
고 있는 것을 보는 꿈

돈, 재물, 횡재, 임신, 권리 등을 암시하는 길몽이나, 구설수를 조심하기 바란다.

자라가 알을 품고 있
는 꿈

생산, 유통, 식품업 등에 자본을 투자하여 많은 돈을 벌게 되며, 부인이나 새댁은 임신하여 똘똘한 자식을 낳을 것입니다. 돈, 재물, 횡재, 먹거리, 취직 등을 암시한다.

왕이 베푼 만찬회에
초대되는 꿈

일 자체가 크건 작건 우두머리가 될 아이가 태어나게 될 것이다.

이별을 하는 꿈

태몽이라면, 어려운 환경에서 아이를 출산하게 되어 산모와 태아의 건강이 안 좋아질 것이다.

이것이 태몽이라면 건강하고 정열적인 아이를 얻을 것이다.

이것이 태몽이라면 재물이 많은 자식을 낳겠지만 그 자식으로 인해서 마음고생을 하게 될 것이다.

장차 훌륭한 인물이 될 딸아이를 낳거나 큰 업적을 이루어 상, 훈장을 받거나 재물이나 먹거리가 들어올 것을 암시하는 길몽이다.

태몽으로 태어날 아이가 장차 유명인으로 입신출세하게 될 징조. 언론인, 방송인, 종교인, 법률가 등은 커다란 업적을 쌓고 세상에 이름 떨칠 길몽이다.

비행기 안에서 나온 비둘기를 안고 자기 집으로 들어간 꿈

태몽으로 비둘기에 대한 꿈을 꾸면, 성품이 착하고 봉사정신이 강한 여아를 낳거나, 의사나 간호사 등이 될 아이가 태어날 징조이다.

제비가 날아갔다가 가슴으로 안겨드는 꿈

머리가 비상한 아이를 출산하게 될 징조이다.

강가에서 게를 잡은 꿈

태몽으로, 학문에 종사는 아이가 태어날 것을 암시한다.

금붕어를 사 가지고 집 안으로 들어온 꿈

부인이나 새댁은 임신을 하여 예쁜 딸아이를 낳을 것을 암시한다. 돈, 재물, 경사, 횡재 등이 생길 징조이다.

뒤따라 오는 강아지를 품에 안은 꿈

예쁜 딸아이를 낳을 태몽이다. 아울러 오랫동안 불임이었던 부부라면 오랜 소원 끝에 귀한 자식을 얻고 부부 금슬이 돈독해질 태몽이다.

새 집에 자신의 문패를 다는 꿈

똑똑한 아이를 낳게 되거나 어떤 새로운 일이 시작될 징조이다.

갓난아기가 책을 보며 말하는 꿈

태몽인 경우는, 앞으로 태어날 아이가 커서 강단에 서게 되거나 연구직에 종사하게 될 태몽이다.

기린을 끌고 오거나 스스로 집 안에 들어오는 꿈

태몽으로, 부인과 새댁은 훌륭한 자식

을 낳게 될 징조이다. 사업발전, 새로운 상품 개발 등을 암시
하는 길몽이다.

거북의 등을 타고 가거나 거북을 만진 꿈

태어날 아이가 장차 나라의 일을 맡아
처리할 고위관료나 정치가, 대기업의 총수로서 가문을 일으
켜 세울 것이다.

오색 찬란한 빛을 발하는 사슴을 본 꿈

뛰어난 예술적 재능을 가진 옥동자를
생산하게 될 징조이다.

귀엽고 예쁜 새끼 사자가 자기 집 안으로 들어온 꿈

태몽으로, 새댁은 임신하여 똑똑한 아
이를 낳게 될 징조이다.

맑은 냇가에서 수많
은 자라를 잡은 꿈

생산, 유통, 식품업 등에 자본을 투자
하여 많은 돈을 벌게 되며, 부인이나 새댁은 임신하여 똘똘
한 자식을 낳을 징조이다. 돈, 재물, 횡재, 먹거리, 취직 등
을 암시하는 길몽이다.

코끼리가　뱃속으로
들어온 꿈

태몽으로, 새댁이나 부인이 임신을 하
여 훌륭한 성인이나 성직자를 낳을 징조이다.

많은 새가 날아가거
나 앉아 있는 것을 본
꿈

많은 집단을 뜻하며, 태몽이라면 장차
커서 많은 사람을 거느릴 지도자적 인물을 출산하게 될 징조
이다.

예쁜 공작새가 집 안
으로 들어온 꿈

태몽이라면, 예쁘고 훌륭한 딸을 낳게

되고, 집안에 귀한 손님이 찾아오며 경사가 생길 징조이다.

화려한 공작새가 날개를 펴는 꿈

하고 있는 일이 성취되어 많은 사람 앞에서 돋보이게 될 징조. 태몽으로는 대중의 스타로 떠오르게 될 자식을 출산할 징조이다.

수많은 갈매기가 자신을 에워싼 꿈

이것이 태몽이라면, 장래에 자손이 부귀영화를 누리지만 다른 여러 사람이 그의 재산을 탐하게 될 징조이다.

큰 구렁이에게 물린 꿈

이것이 태몽이라면, 장차 큰일을 할 자손을 얻게 될 징조이다.

누런 빛을 띤 구렁이
가 자기 뒤를 따라다
닌 꿈

딸아이를 임신할 태몽이다. 아이는 예술가적 소질, 특히 문학적 소질이 뛰어나서 유명한 작가가 될 것이다.

청구렁이나　점박이
구렁이가 산 속에 길
게 늘어서 있는 꿈

청구렁이나 점박이 구렁이는 인기인, 인기 직업 등을 상징한다. 만약 태몽이라면, 남에게 선망의 대상이 될 자손을 얻을 징조이다.

우물가에서 뱀과 지
네가 함께 어울려 노
는 꿈

태몽으로, 장래에 태어날 아이가 사회 사업가나 정치가로서 명성을 떨치게 될 징조이다.

달리는 말을 본 꿈

태몽으로, 정치인 또는 그룹이나 기업의 간부가 되는 등 사람들을 이끌어갈 아들을 출산하게 될 징조이다.

말에게 먹이를 준 꿈

입신출세하여 명성을 떨치게 될 훌륭한 자식을 낳을 태몽이다.

돼지를 해치러 오는 호랑이와 사자를 때려잡는 꿈

태몽으로, 출산이 순조롭게 이루어질 징조이다.

한꺼번에 돼지 수십 마리가 자기 집으로 몰려들어온 꿈

직계 가족이나 친척 중에서 자식을 낳게 되며, 그 자손은 미래가 밝을 좋은 길몽이다.

인어를 붙잡아온 꿈

태몽이라면, 그 자식이 장차 이색적인 직업을 갖게 될 징조이다.

곰이 새끼 낳는 것을 본 꿈

태몽으로, 부인과 새댁은 훌륭한 자식을 낳게 될 징조이며, 사업발전, 새로운 상품 개발 등을 암시하는 길몽이다.

누런 암소가 얼룩무늬 송아지를 낳는 꿈

이것이 태몽이라면, 장차 문제아가 태어나지만, 훗날에는 그가 입신양명하여 대중의 스타가 될 징조이다.

집 안으로 호랑이가 들어온 꿈

태몽으로, 태어날 아이가 장차 성장하게 되면 권력자가 되고 큰 재물을 얻게 될 징조이다.

호랑이의 눈이 안개 속에서 번쩍인 꿈

인기인, 사업자, 권력자 등과 같이 세상에 이름을 떨칠 자식이 태어날 것을 예시하는 태몽이다.

예쁜 흰 토끼가 집 안으로 들어온 꿈

귀여운 딸을 낳을 태몽. 또는 반가운 손님이 집에 찾아올 징조이다.

집안 식구가 토끼새끼를 안고 들어온 꿈

선물, 재물, 학용품, 식품 등이 들어오는 꿈으로, 태몽으로는 예쁜 딸아이를 낳고 집안에 경사가 생길 징조이다.

청룡이 여의주를 물고 뱃속으로 들어온 꿈

좋은 태몽으로, 큰 사업을 벌이는 훌륭한 인물을 낳게 될 징조이다.

임산부가 용을 낳은
꿈

　　　　　　태몽으로, 사회지도자나 정치가, 재벌가, 유명인, 스타 등이 될 아이를 출산하게 될 징조이다

쌍룡이 몸을 꿈틀거
리며 승천하는 꿈

　　　　　　자손이 문무를 겸비한 훌륭한 인물이 될 것을 예시하는 태몽이다.

뱀과 성교한 꿈

　　　　　　태몽이라면, 장차 지혜와 명예와 권세를 가질 아이가 태어날 징조이고, 다른 사람과 계약이나 동업을 하게 될 징조이다.

큰 구렁이가 용마루
로 들어간 꿈

　　　　　　태몽으로, 공공단체의 주도권을 쥐게 될 자손을 얻게 될 징조이다.

우리아이 태몽풀이 대백과

달덩이가 떨어져 양
귀비꽃이 되는 꿈

장차 입신출세할 아이를 출산하게 될 징조이다.

윗사람한테서 유채
꽃 한 다발을 받은 꿈

태몽으로, 예쁜 딸을 낳을 징조이며, 합격이나 입학, 취직, 승진, 당선, 선물, 경사, 임명장, 성공 등을 암시하는 길몽이다.

윗사람한테서 인삼
을 받은 꿈

태몽으로, 귀한 옥동자를 낳을 징조이며, 임명장과 같은 선물, 합격, 승진, 당선, 돈, 재물, 행운 등을 암시하는 길몽이다.

산신령한테서 산삼
을 받는 꿈

옥동자를 낳을 태몽이며, 수험생은 우수한 성적을 거둘 징조이다.

예쁜 카네이션을 치
마 속에다 감추었던
꿈

　　　　　　태몽으로, 부인과 새댁은 임신하여 예
쁜 딸을 낳게 된다.

철쭉꽃을 꺾어서 품
안에 감추었던 꿈

　　　　　　태몽으로, 부인인 새댁은 임신하여 예
쁜 딸을 낳게 될 징조이다.

산봉우리 쪽으로 솟
은 산삼을 많은 사람
이 우러러본 꿈

　　　　　　태몽으로, 장차 자라서 자선 사업을 하
게 될 아이가 태어날 징조이다.

붉은 고추를 바구니
에 가득 따온 꿈

　　　　　　태몽으로, 장차 태어날 아이가 사업이
나 창작에 관련된 일을 하여 재물을 얻게 될 징조이다.

싱싱한 오이를 먹은 꿈

태몽이면, 미인대회에 나갈 만한 아기를 출산하게 될 징조이며, 남녀가 성교를 하게 될 징조이다.

대추를 따서 먹은 꿈

우수하고 명석한 자식을 출산하게 될 징조이다.

토실토실한 알밤을 주워서 집으로 돌아온 꿈

태몽으로, 부인은 임신을 하여 똘똘하고 잘생긴 옥동자를 낳을 징조이다.

꼭지가 있는 사과나 배를 따는 꿈

태몽으로 아들을 낳게 되고, 바라고 있던 소망이 이루어질 징조이다.

예쁜 복숭아 하나를
얻어 가지고 품속에
넣었던 꿈

　　　　　태몽으로, 임신한 부인이 예쁜 딸을 낳을 징조이다.

탐스런 앵두알을 앞
치마에다 가득 담았
던 꿈

　　　　　부인은 임신을 하여 아름다운 딸을 낳게 될 징조이다.

꽃을 보거나 꺾은 장
소가 유난히 돋보였
던 꿈

　　　　　태몽이라면, 정치계나 사회에서 꼭 필요한 훌륭한 자손이 태어날 징조이다.

고목나무에 꽃이 피
어난 꿈

　　　　　오랫동안 자식 소식이 없던 집에 임신이 될 꿈이며 이 아이는 아들로서 대중들을 계몽하고 지도하는 일을 하게 될 것이다.

**맑은 물에 떠 있는 모
란꽃을 건져낸 꿈**

　　　　　　태몽으로, 부인이나 새댁은 임신을 하
여 예쁜 딸을 낳게 될 암시이다.

**무궁화꽃이 치마 속
으로 들어온 꿈**

　　　　　　태몽으로, 부인과 새댁은 임신을 하여
귀여운 딸을 낳을 징조이다.

**민들레꽃을 품 안에
꼭 안았던 꿈**

　　　　　　태몽으로, 곧 임신을 하여 지혜로운 딸
을 낳게 될 암시이다.

쌍가락지를 얻은 꿈

　　　　　쌍둥이 일 경우가 많다

금반지를 얻은 꿈

　　　　　사회적으로 유명한 여류 명인이 될 귀

한 딸을 낳게 될 암시이다.

수많은 반지를 얻은 꿈

여러 군데에서 자기의 능력을 충분히 발휘할 수 있는 자손을 얻게 될 암시이다.

책을 얻거나 많은 책을 가지고 있었던 꿈

태몽으로 보면 자신의 후손이 학문 연구에 종사하게 될 암시이다.

사과나 귤 등의 여러 종류의 과일이 놓인 가운데서 배를 잡은 꿈

대범한 성격과 탁월한 두뇌를 가진 똑똑한 아들을 낳게 된다.

임산부가 과일을 낳는 꿈

임산부는 귀한 딸을 낳게 되고, 만약

아들일 경우 똑똑하고 건강하게 자라날 태몽이다.

나무 밑에서 열매를
따는 꿈

태몽으로, 평범한 서민으로 살아가거나 물질적으로 풍요롭지 못한 자녀를 출산하게 될 암시이다.

푸른빛을 띤 열매를
본 꿈

태몽으로, 명예를 얻고 스타가 될 아들을 출산하게 될 징조이다.

대추나무 밑에서 대
추알을 받는 꿈

옥동자를 낳게 될 태몽이다.

붉은 대추를 많이 따
온 꿈

똑똑하고 재물복이 있는 아들을 낳을 징조이다.

개울가에서 예쁜 차
돌을 주워서 집으로
가져온 꿈

태몽으로, 똘똘한 아들을 낳을 징조이
다.

살고 있는 집의 우물
물이 철철 넘쳐흐르
는 꿈

돈과 재물을 많이 모을 아들을 출산하
게 될 징조이다.

큰 시루에 가득 담긴
떡을 혼자서 다 먹어
치운 꿈

모든 면에서 부족함이 없고, 세상에 이
름을 떨치게 될 아이를 낳게 될 징조이다.

재떨이를 선물로 받
거나 얻게 된 꿈

카운셀러나 경리 등에 관계된 직업을
가질 자손을 얻게 될 징조이다.

왕궁에서 도포자락을 붙잡고 매달리는 꿈

세계적으로 명성을 떨치게 될 남자아이를 출산할 징조이다.

아내가 남편의 의복을 걸치는 꿈

아들을 출산하게 되고, 집안에 경사가 생길 징조이다.

거울을 선물 받은 꿈

지식이 많고 사교술에 능한 자손을 얻게 될 징조이다.

은수저를 얻은 꿈

인격이 높고 훌륭한 아들을 낳게 될 징조이다.

꿈에 금비녀를 보면

집안의 대들보가 될 귀한 자식을 얻게 될 징조이다.

치마폭에 태양을 받은 꿈

태몽으로 국가나 사회에 이름을 떨칠 훌륭한 아들을 낳을 징조이다.

별을 따 가지고 앞가슴에 넣은 꿈

태몽으로, 부인이 임신하여 훌륭한 아들을 낳게 될 징조이다.

별이 떨어진 자리에 나비가 날아드는 꿈

태몽으로, 매스컴에 오르내리는 인기인, 혹은 유명인이 될 자식을 출산하게 될 징조이다.

떨어지는 별을 치마에 받거나 삼키거나 별이 지붕마루에 구른 꿈

태몽으로, 사업 등으로 성공할 아이가 태어날 징조이다.

성화를 들고 계속 달
린 꿈

태몽으로 철학자나 종교적 지도자가 될 아이가 태어나게 될 징조이다.

자기 몸에서 빛이 나
는 꿈

태몽으로, 군인이나 경찰관, 공무원, 사원 등의 높은 관직에 오를 아이를 출산하게 될 징조이다.

파도가 거세게 몰아
치는 꿈

태몽으로, 머리가 명석하고 용감한 아들을 출산하게 될 징조이다.

호수에 잠긴 해를 건
져 집으로 돌아온 꿈

태몽으로, 부인은 임신을 하여 귀한 옥동자를 낳을 징조이다.

숲 속에서 호랑이 새
끼를 얻은 꿈

태몽으로 귀한 옥동자를 낳을 징조이
다. 수입이나 명예, 낚시, 먹거리, 선물, 자격취득 등을 암시
하는 길몽이다.

강가나 개울가에서
빛나는 수석을 주운
꿈

태몽으로 앞으로 태어날 아이가 높은
관직에 올라 크게 성공하게 될 징조이다.

스님이 문전에서 목
탁을 두드리며 염불
하는 꿈

태몽일 경우 장차 태어날 아이가 학자
가 되고, 꽹가리를 두드리며 염불하면 무관으로 출세하게 될
징조이다.

누군가로부터 금불상
을 얻은 꿈

훌륭한 성직자나 진리를 탐구할 인재가

태어날 것을 암시한다.

　　　　　태몽이라면, 장차 커서 경찰관이나 군
인으로 성공하게 될 징조이다.

　　　　　학자로 명성을 떨칠 아이를 출산하게
될 태몽이다.

　　　　　학문 연구를 하는 후계자를 얻게 될 징
조이다.

　　　　　사회에 명성을 떨칠 훌륭한 인물이 태

어날 징조이다.

국가의 지도자나 국회의원, 재벌총수 등으로 성공할 아이를 출산하게 될 꿈이다.

태몽으로, 예술가나 과학자로 세계에 이름을 떨칠 아이가 태어나게 될 징조이다.

공부를 많이 시키면 만인에게 사랑받는 귀인이 된다. 그러나 성격이 내성적으로 표현력이 부족하기 쉬울 아이를 암시한다.

밭귀퉁이에 덜 익은
푸른 복숭아를 딴 꿈

　　　　　아들보다는 딸이 잘 되는 집안으로 예
쁜 딸을 낳을 꿈이다. 패션감각이 있는 아이로 방송이나 언
론계로 나가면 성공할 징조이다.

정신없는 사람들 틈
바구니 속을 걸어다
니며 알밤을 줍는 꿈

　　　　　대기만성형으로 성공할 딸의 태몽으로,
현모양처로 가정살림도 알뜰하게 꾸리고 사회생활도 병행할
징조이다.

수북이 쌓인 수박 무
더기를 보고 수박을
고르며 쓰다듬는 꿈

　　　　　끈기와 오기가 있고 외국어를 전공하
여, 출판이나 작가 쪽으로도 재능이 있는 아이를 암시한다.

길에서 푸른 고추를
손에 받은 꿈

　　　　　공부도 잘하고, 기계나 건축, 전기, 화

학 등 이공계열에 진출하면 성공하고 발전할 아이를 낳을 태몽이다.

실제로 임신한 아내라면, 아이를 낳을 징조이고, 임신을 하지 않은 상태라면 곧 잉태가 될 것을 알리는 징조이다.

욕심 많고 출세욕이 강한 딸이 태어난다. 재물운이 많아 배우자가 재벌 출신이거나 돈이 많은 사람을 만나게 될 징조이다.

인정 많고 효심이 지극한 장녀를 낳게 되는 꿈으로, 아들 못지 않은 딸이 되고 집안을 크게 일으키게 될 징조이다.

방 안이나 지하철 안
에서 노는 물고기를
본 꿈

　　　　　　　의식주가 풍부하거나 창작할 사람, 지
도자가 될 사람을 낳을 징조이다.

참새 떼 중에 한 마리
가 방 안으로 들어온
것을 잡은 꿈

　　　　　　　아이가 음악인이나 기타 인기인이 될
징조이다.

남편이 큰 메기 한 마
리를 낚아올리는 꿈

　　　　　　　아들이 흔한 집에서 둘째아들을 임신할
때 많이 꾸는 꿈으로, 인정이 많고 친구를 좋아한다. 이공 계
열을 전공하는 것이 바람직하다.

큰 잉어 세 마리 중
두 마리만 싱싱하게
살아있는 꿈

　　　　　　　쌍둥이 딸이 태어나는 태몽. 딸들이 공

부도 잘하고 남편도 훌륭한 가문의 능력있는 사람을 만나게
될 징조이다.

딸이 흔한 집안에서 또 딸을 낳게 되는
태몽. 영특하고 특히 손재주가 뛰어나 유명해질 아이를 낳을
징조이다.

둘째 아들을 임신할 전망이다. 그러나
일반적으로는 대인관계에 문제가 생겨서 친구나 동료와 갈
등을 빚게 될 것이다.

학교에서나 사회에서 지도자가 될 아이
를 낳을 징조이다.

마당에 있는 용을 보
면

인물은 크게 되지만 끝내 득세하지 못할 징조이다.

용이 방 안에서 헤매고 있는 꿈

어릴 때 크게 자라나 나중에 큰 뜻을 이루지 못할 징조이다.

학이 품 안에 들어가거나 어깨에 앉는 꿈

여자아이의 태몽으로, 학자나 성직자를 낳을 징조이다.

비둘기에 관한 꿈

성품이 어질고 착하며 봉사를 잘하는 아이를 낳을 징조이다.

저수지에 붉은 금붕
어가 있고 산새들이
지저귀는 꿈

　　　　시댁 집안에서 귀한 장남이 가지게 되
었을 때 꾸는 꿈, 공부는 썩 잘하지 못하나 듬직한 아들로 자
라날 태몽이다.

길 잃은 사슴 새끼를
구해주었는데　황금
사슴으로 변한 꿈

　　　　집념이 강하고 신념이 강한 남자아이
로, 다만 어릴 때 몸이 허약하여 부모가 애를 먹일 징조이다.

공작새를 사서 큰 닭
장 안에 넣은 꿈

　　　　조상들의 보살핌이 많고, 아들이 귀한
집안에서 흔히 꾸는 태몽이다. 컴퓨터, 공무원, 정치 쪽에 인
물이 많이 날 징조이다.

봉황 한 쌍이 나란히
앉아 있는 꿈

　　　　장차 천재적인 인물이 되거나 그 아이

가 문무를 겸비할 징조이다.

비단뱀, 꽃뱀 등 무늬
가 아름다운 뱀들이
자신을 쫓아오는 꿈

　　　　욕심 많은 딸을 낳을 징조로, 항상 주위 사람들에게 인기를 끌고 패션디자이너 쪽으로 진출하면 크게 성공할 아이를 암시한다.

머리를 쳐든 푸른 뱀
한마리가　따라오는
꿈

　　　　아들이 흔한 집안에서 차남 정도로 태어날 아이를 암시하는 것으로 장차 법대를 지망하여 고시를 보게 될 징조이다.

기도하고 있는 아내
앞에 용이 나타나 불
을 뿜어내려다가 되
돌아간 꿈

　　　　아버지 사랑을 독차지할 총명한 두뇌를 가질 딸아이를 출산하게 될 것이며, 이 아이는 커서 고위관료나 정치가인 남편을 만나서 가문을 빛낼 것이다.

두뇌가 탁월하고 지혜로우며, 많은 사람들이 우러러보는 위치에 올라 천하를 호령할 위인이 태어날 것이다. 또한 세상에 길이 남을 업적을 세워 가문을 빛낼 아들이 태어날 것이다.

아들과 딸의 상관없이 자라서 학자나 교사 등 학문과 관련될 아이를 예시한다.

아들인 줄 알았는데 딸이 되는 태몽이지만, 그 딸이 결혼을 하면 아들보다 더 귀한 딸자식이 될 징조. 중년보다 말년이 다복한 아이를 암시한다.

사냥꾼의 화살에 맞
은 흰 돼지가 자신의
품으로 달려드는 꿈

의사가 되거나 기계, 전기, 화학, 컴퓨
터 계통으로 진출하면 발전한다. 다만 자라면서 수술수가 있
으니 건강에 주의해야 한다.

갯벌에서 용의 머리
를 캐어내는 꿈

장차 모든 일에서 우두머리가 될 아이
가 태어날 것이다.

호랑이새끼 두 마리
를 한꺼번에 안은 꿈

연년생의 형제를 두고 그들이 장차 높
은 관직에 오를 징조이다.

어미 호랑이가 새끼
호랑이를 품에 안고
보살피는 꿈

어머니의 지극 정성과 보살핌을 받는
아들이 태어날 징조. 기계, 금속, 전기 등 이공 계통을 전공

하는 경우가 많고, 거기서 성공할 것을 암시하는 태몽이다.

호랑이가 품 안으로 달려드는 꿈

사내아이를 낳으면 공명하고 훌륭한 인물이 되고, 여자라도 크게 성공하며 훌륭한 배우자를 만나게 될 징조이다.

큰 구렁이와 관계되는 꿈

재주가 뛰어나거나 명성을 떨칠 여아가 태어날 징조이다.

공동 우물에서 큰 구렁이와 그 밑에 지네가 득실거리는 꿈

장차 장사를 하거나 큰 사업가가 되어 많은 사람들을 거느리게 될 아이를 낳을 태몽이다.

노인에게서 인삼 한 뿌리 받은 꿈

인정이 많고 사회사업을 하며, 효심이

지극하고 조상의 보살핌을 받는 아들일 태몽이다.

내성적이면서 고집이 센 아이를 낳을
태몽으로, 예능 쪽으로 재주가 있는 아이를 낳을 징조이다.

기관이나 사회에서 우두머리가 될 아이
를 가질 태몽이다.

아들 셋을 낳고 자수성가하는 인물이
될 태몽이다.

정치와 사업 등에 재능이 있어 장차 고

급 관리가 될 아이를 낳게 될 징조이다.

　　　　아이를 잉태했을 경우, 부모와 자식이
이별하거나 서로 이질적인 사업에 종사하게 될 징조이다.

　　　　장차 국정에 참여하여 부귀로워지거나
큰 업적을 이룰 훌륭한 아이를 낳을 태몽이다.

　　　　출산 광경을 예지한 것으로, 머지않아
출산을 하게 될 징조이다.

　　　　씩씩하고 용맹스런 자손을 낳을 태몽이
다.

족제비들을 붙잡거
나 앞으로 자신과 부
딪치는 꿈

영리하고 재주 있는 자손을 낳을 징조
이다.

고양이에게 물린 꿈

고급 관리가 되는 아이를 낳을 태몽이
다.

자궁에 사자 문장을
보는 꿈-알렉산더 대
왕

올림피아 왕비의 자궁에 사자 문장으로
봉인한 것을 보았다는 필립왕의 꿈은 아들 알렉산더 대왕이
태어나 명예와 권세를 획득할 것을 예지한다.

내려온 용을 바라보
다가 깬 꿈

뛰어난 미모를 가지고 태어날 여아가
태어날 것을 암시한다.
하늘에서 용이 내려왔다고 동네 사람들 모두가 몰려가고 있

었다. 그래서 그 틈에 끼여 용이 나타났다는 곳으로 따라가
한참 동안이나 용을 바라보다가 잠에서 깨어났다.

92년도 미스코리아 진, 유하영 씨의 태몽

오색구름이 바다를 건넌 뒤 집을 짓는 꿈

사업적으로 크게 성공할 아이가 태어날
태몽이다.

오색구름(그래서 아버지의 호가 '오운(다섯 구름)'이다)이
두둥실 바다를 건넌 뒤 큰 집, 작은 집들이 여럿 지어지더라.

코오롱그룹 창업자 이원만 회장의 태몽

새가 방안으로 들어온 꿈

세계적으로 유명한 성악가나 가수가 태
어날 태몽이다.

창밖의 나무 위에 수백 마리의 참새 떼가 앉아 울고 있었는
데, 그 노랫소리가 너무도 아름답게 들렸다. 그래서 창문을
열었더니, 그 중 한 마리가 방안으로 들어와서 꼭 껴안았다.
앵두나무 가지에 앉아 재잘거리던 파랑새가 방안으로 날아
들었다

성악가 김자경 씨의 태몽

신발을 얻은 꿈

태아가 장차 사업체나 사회적인 지위를 얻거나 업적을 남길 것을 예시한다.

닭이 지붕 위에서 우는 꿈

큰 인물이 될 아기를 잉태할 태몽이다.

학을 타고 하늘을 나는 꿈

대석학을 잉태하는 길몽이다.

꾀꼬리가 방안으로 날아드는 꿈

장차 군인으로 성공하거나 인기 있는 사람으로 출세할 아들을 낳을 것을 예시한다.

제비를 가까이 한 꿈

태어날 아이는 장차 재주가 뛰어나고 아름다운 얼굴을 지니게 될 것이다.

세 명의 여자와 관계를 맺어 세 명의 딸을 낳게 된다. 일반적으로는 세 가지의 위대한 업적을 남겨 자손대대로 덕을 볼 길몽이다.

아이가 세계적으로 유명한 음악인이나 인기 있는 연예인이 될 것이다.

태어날 아이가 지도자가 될 것이다.

남성적 경향이 짙은 딸을 낳을 가능성이 크다.

눈이 까만 금붕어를
보거나 좋아지는 꿈

　　　　딸을 낳을 꿈이며, 눈이 크고 까만 귀
여운 딸을 얻게 된다.

따뜻한 햇볕이 쬐는
마당에 앉아 있는데
나비 한 마리가 어깨
나 몸에 앉는 꿈

　　　　마음이 여리고 착한 딸아이를 낳을 것
이다. 그러나 나비가 앉을까 말까 망설이면서 주위를 빙빙돌
았다면 성격이 별난아이를 임신하게 될 징조이다.

하늘에서 새가 떼를
지어 우는 꿈

　　　　임신의 징조이다.

까치가 우는 꿈

　　　　수까치는 남자, 암까치는 여자를 상징
하며 좋은 일이 생길 징조이다.

　　　　　두뇌가 명석한 자식을 출산하게 되며 널리 이름을 떨치게 된다.

　　　　　박애적 정신을 가진 여자 아이를 출산하게 된다.

　　　　　많은 집단을 뜻하며, 장차 커서 많은 사람을 거느릴 지도자적 인물을 출산하게 된다.

　　　　　적극적이고 호탕한 지도자가 될 인물을 출산하게 된다.

소를 한마리 몰고 산
을 내려오는 꿈

아들을 낳을 태몽이다.

탐스럽고 빛깔이 좋
은 사과를 따서 가져
오는 꿈

아들을 낳으며, 좋은 일이 일어나게 된
다. 성숙한 과일일 경우 아들, 미성숙의 과일은 딸을 예시한
다.

황금독수리가 날아가
고 용 두 마리가 승천
하는 꿈

태몽이며, 큰 인물이 될 아이가 태어날
태몽이다.

용 세 마리가 품안에
들어오는 것을 본 꿈

아들을 낳을 태몽이다.

큰 옥수수를 주워가
지고 들어오는 꿈

태몽 꿈으로 아들을 낳는다.

씨앗 다섯 개를 받는
꿈

다섯 명의 아들을 낳는 꿈이다.

태극 깃봉같은 빨간
열매 세 개를 가져온
꿈

아들 삼형제를 가질 꿈이다.

호랑이가 여자로 변
하고 미소짓는 꿈

딸을 낳을 태몽이다. 또한 아이는 활달
하고 조직의 우두머리 역할을 하게 되는 좋은 태몽이다.

옥중살이를 하는 꿈

딸을 낳는 태몽이다.

 우리아이 태몽풀이 대백과

떨어진 밤을 집어드
는 꿈

아들을 낳는 태몽이다.

대추나무에 빨간 대
추가 주렁주렁 열려
있는 꿈

아들을 낳는 꿈이다.

누런 사슴이 안방으
로 뛰어들어 잡는 꿈

아들을 낳을 꿈이다.

백발이 성성한 노인
이 반지를 끼워주는
꿈

아들을 낳을 꿈이다.

파란 고추가 주렁주
렁 열려있는 밭에서
빨간 고추를 따는 꿈

아들을 낳을 꿈이다.

자라가 물에서 뭍으
로 올라오는 꿈

아들을 낳을 꿈이다.

호박만한 누런 감을
치마에 매일매일 가
득 담는 꿈

아들을 낳을 꿈이다.

꿈속에서 아이를 낳
았는데, 피노키오 코
처럼 길어지는 꿈

아들을 낳으나, 아기의 고추가 몹시 작
은 "자라고추" 아기를 낳을 꿈이다.

파란 고추를 받고 고
추 끝 주름이 잡힌 그
부분에 시선이 가 있
는 꿈

파란고추는 대부분 딸로 실현되나, 주
름이 잡힌 부분이 남자의 성기와 유사하여 아들을 낳게 된
다.

꿈에 하늘이 맑으면

귀한 아들을 낳는다.

아내가 비단옷을 입
으면

귀한 아들을 낳는다.

아내가 남자 옷을 입
으면

귀한 아들을 낳는다.

인(도장)을 가지면

귀한 아들을 낳는다.

눈부시게 아주 흰 고
래 꿈

아들을 낳을 꿈이다.

커다란 용이 여의주
를 물어다 주는 꿈

아들을 낳을 꿈이다.

나무에 달린 잘 익은
감을 보는 꿈

아들을 낳을 꿈이다.

크지도 않은 검은 뱀
이 겨드랑이를 물린
꿈

아들을 낳을 꿈이다.

알이 큰 밤 두 개씩을
양손에 쥐는 꿈

아들을 낳을 꿈이다.

밤을 하나 골라 가지
는 꿈

아들을 낳을 꿈이다.

꿈에 큰 짐승을 보면

아들을 낳을 꿈이다.

꿈에 타인에게 조문
하면

아들을 낳을 꿈이다.

꿈에 임신한 여자가
고추를 사용하면

아들을 낳을 꿈이다.

꿈에 여자가 금을 주
우면

아들을 낳을 꿈이다.

꿈에 손으로 산을 두
드리면

귀한 아들을 낳는다.

돌을 가지고 장난하
면

귀한 아들을 낳는다.

참외를 먹으면

귀한 아들을 낳는다.

외씨를 먹으면

귀한 자식을 낳는다.

곰을 보면

　　　　귀한 자식을 낳는다.

우물에서 용이나 뱀
이 나오는 꿈

　　　　길몽, 훌륭한 아들을 낳을 꿈이다.

산돼지에게　쫓기는
꿈

　　　　매우 길한 꿈. 이름을 떨칠 아들을 낳는
다.

소가 새끼를 낳는 꿈

　　　　아들을 낳을 꿈이다.

빨간 고추, 그것도 탐
스럽고 큰 고추를 땅
에서 쑥 뽑아낸 꿈

　　　　아들을 낳을 꿈이다.

꿈에 가지를 먹으면

　　　　아들을 낳을 꿈이다.

꿈에 금붕어를 보면

아들을 낳을 꿈이다.

꿈에 금비녀가 빛나
고 길하면

아들을 낳을 꿈이다.

꿈에 칼을 보면

아들을 낳을 꿈이다.

담에 있는 용을 보면

인물은 크게 되나 끝내 득세하지 못한
다.

용이 방안에서 헤메
이고 있으면

어릴 때 크게 자라나 나중에 큰 뜻을 이
루지 못하겠다.

나비를 본 태몽은

딸을 낳을 꿈이다.

호랑이, 사자에게 물리는 꿈

역시 임신할 꿈이다, 그러나 이들을 쫓아내면 유산을 암시한다, 호랑이 꿈을 꾸고 얻은 딸은 팔자가 세다는 말은 잘못된 것이다. 아들, 딸 공히 명성을 날릴 귀한 사람이 된다.

몸에 구렁이가 감기면

처녀는 배우자를 만나고 유부녀는 잉태하나 간통하고 노인은 손자 꿈을 대신 꾼 것이다.

누런 뱀이 치마속으로 들어오면

중도에 요절하거나 실종될 아이를 낳는 것이다.

집안에서 봉황 한 쌍을 기르는 꿈

훌륭한 재능과 준수한 외모를 가진 아들을 얻게 될 꿈이다.

　　　　여성스러운 외모와 성격을 가진 아들을
얻게 될 꿈이다. 특히 그 아들은 둘째일 확률이 높다.

　　　　머리가 영리하고 리더쉽이 있는 아들을
얻게 될 꿈이다.

　　　　산모는 임신으로 몸이 약해져 고생을
하지만 여성스러운 외모와 성격을 가진 딸아이를 낳게 될 것
이다.

　　　　두뇌가 영특한 딸아이를 낳게 될 태몽
이다. 특히 이 여아는 학문적으로 크게 명성을 떨치게 될 것

이다.

학업에 열중하여 일류대학에 입학할 딸아이를 얻게 될 것이다.

딸아이가 태어날 태몽이다.

다재다능하며 문학적으로 뛰어난 여아가 태어날 것이다. 특히 작가로서 크게 성공할 것이다.

공무원이나 대학교수로 크게 성공할 아

들을 얻게 될 꿈이다. 또한 신앙심이 깊고 명예를 소중히 하
는 기질의 소유자가 될 것이다.

부엌으로 낙타가 들
어와서 물을 달라고
한 꿈

　　　　　연달아 딸을 낳을 꿈이다. 그러나 태어
날 딸은 총명하며 인기가 많아 상류층 대열에 올라 부모에게
효도할 것이다.

집안에 둔 화분에 열
매가 주렁주렁 열린
꿈

　　　　　열매가 숫자가 홀수라면 딸이고, 짝수
라면 아들을 낳게 될 꿈이다. 아이는 자라면서 욕심이 많고
의지가 강한 사람이 될 것이다.

산이나 길가에 핀 아
카시아 꽃향기에 흠
뻑 취한 꿈

　　　　　문학적인 감수성이 뛰어나고 재능이 많
은 아이가 태어날 꿈이다.

붉은 빛깔을 띤 나비
가 꽃밭이나 하늘을
날아다닌 꿈

　　　　고위공무원이나, 정치가로서 입신양명
할 아들을 얻게 될 꿈이다.

우물에　나뭇가지가
꼿꼿하게 서서 둥둥
떠있는 꿈

　　　　후손이 귀한 집에 대를 이를 아들이 태
어날 길몽이다.

마당에　과일나무를
심는 꿈

　　　　이재에 밝아서 집안을 크게 일으켜 세
울 아들을 얻게 될 것이다.

노란 국화꽃을 한아
름 가득 꺾은 꿈

　　　　학업성적이 우수하고 사회성이 발달하
여 부모에게 기쁨을 안겨줄 자식을 얻게 될 것이다.

가을 들녘에 오곡백
과가 무르익어 풍요
로운
꿈

　　　　　대기업 총수로 이름을 날리며 집안에
부귀영화를 안겨줄 아들을 얻게 될 것이다.

난초를 기르거나 죽
순이 돋아나는 꿈

　　　　　자식이 귀한 집에 아들이 태어날 것이
다. 또한 이 아이가 학자나 고위관료로 출세할 것이다.

마당의 감나무에 홍
시가 주렁주렁 열린
꿈

　　　　　아들을 생각하며 임신했지만 딸이어서
실망하게 되는 꿈이다.

덜 익은 푸른 호박을
딴 꿈

　　　　　손재가 탁월하며 미술적인 소질이 많은
여자 아이를 낳게 될 것이다.

뱀이 황소를 칭칭 감
자 화가 난 황소가 뱀
을 밟아 죽인 꿈

건축업이나 토목업으로 성공할 아들을
얻게 될 태몽이다.

싱싱한 오이를 친정
아버지에게서 받는 꿈

이재가 밝아 금융업이나, 세무사, 회계
사 등 총무분야에서 크게 성공할 아들을 얻게 될 것이다.

집안의 대들보에 열
쇠가 걸려있는 꿈

집안의 기둥이 되어 부모에게 지극히
효도하는 아들을 얻게 될 것이다.

임신중에 구렁이에게
물리는 꿈은

나라일에 크게 이바지할 훌륭한 아이를
낳게 된다.

작은 실뱀이 우글거
리는 꿈은

　　　　　생각하지 못했던 재산이 생기고, 장래
에 교수나 군인이 되어 많은 사람을 거느릴 인재를 출산하게
된다.

잔디밭에서 풀을 뜯
고 있는 말을 보는 꿈

　　　　　교육자로서 사회에 공헌할 아들을 출산
하게 된다.

적룡과 흑룡이 몸을
뒤틀며 하늘로 올라
가는 것을 본 꿈

　　　　　태아가 장차 큰 인물이 될 것임을 암시
한다.

집안에 호랑이가 앉
아 있거나 집안으로
들어오는 것을 본 꿈

　　　　　인기인이나 권위 있는 정치가 혹은 사
업가가 될 아들을 출산한다.

청색 구렁이가 산꼭
대기에서 산 아래를
향해 긴 몸을 늘어뜨
리고 있는 꿈

장래에 군중의 지도자가 될 아이를 출
산한다.

큰 뱀을 보는 꿈

효심이 지극한 여아를 출산한다.

돼지 새끼를 어루만
지는 꿈

장차 아이가 풍족한 생활을 영위하게
되지만 부모나 배우자에게는 근심거리가 생긴다.

돼지 우리에 돼지가
가득 차 있고 돼지 새
끼가 우글거리는 꿈

작가나 교육자, 사업가가 되어 이름을
날리게 된다.

 우리아이 태몽풀이 대백과

높은 직위에 오르거나 학문에 종사할
아이가 출생한다.

교육 분야에 종사하면서 많은 사람을
계몽 선도할 훌륭한 인물을 출산한다.

친절하고 상냥한 아름다운 여자 아이를
출산하게 된다.

아들을 낳으나 교육이 잘못되면 문제아
가 될 수 있다.

지네, 지렁이, 곤충, 누에 나비에 관한 꿈

지네는 아들, 지렁이는 딸을 암시, 누에는 쌍둥이나 연년생의 아들을 낳는 꿈, 나비가 어깨에 앉으면 아들, 꽃에 앉으면 딸이다.

코끼리, 호랑이, 사자, 곰, 양, 사슴에 관한 꿈

코끼리를 타거나 호랑이, 사자에게 물리면 명성을 날릴 귀한 자식을 얻을 꿈이다. 사슴의 꿈은 귀여운 딸을, 곰을 보면 귀한 자식을 얻는다.

신선이나 동자가 옷을 주는 꿈

태몽으로 좋은 꿈, 과일이나 구슬을 주면 더욱 좋은 꿈, 자손만대에 빛낼 귀한 자식을 얻는다.

벌거벗은 사내아이가 물 속에서 노는 꿈

순산을 뜻한다.

　　　　정치인, 혹은 기업인이 될 자손이 태어
난다.

　　　　어머니의 지극 정성과 보살핌을 받는
아들이 태어난다. 지구력과 끈기가 대단한 사내아이로 자란
다. 기계나 금속, 전기 등 이공 계통을 전공하는 경우가 많
고, 이쪽에서 성공하게 된다.

　　　　아들이 흔한 집안에 태어난 차남 그릇
이다. 중학교 때까지는 영리한 재주가 하늘을 찌르는데, 고
등학교때부터는 낙방의 쓴잔을 몇 번 마시게 된다. 법대를
지망하여 고시를 보게 되는 경우가 많다.

집념이 대단히 강해서 겉보기와는 달리 신념이 강한 남자아이가 된다. 다만 어릴 때 몸이 허약하여 부모가 애를 먹는 경우가 가끔 있다.

즉시 임신이 가능한 길몽, 큰 구렁이에 감기거나 물리면 큰일을 할 아들을 잉태할 꿈이다.

용이 구름을 타고 하늘로 오르는 꿈, 용이 강이나 바다에서 있는 꿈, 용이 집안으로 들어오는 꿈은 건강한 대장부를 낳을 길몽이다.

돼지, 소, 말을 보는 꿈

검은 돼지는 아들, 흰 돼지는 딸을 암시, 산돼지에게 안기는 꿈은 매우 길한 꿈으로 아들을 낳는다. 소가 새끼를 낳는 꿈도 태몽, 말을 타고 달리는 꿈도 신수좋고 명성을 떨칠 아들을 낳을 징조이다.

무지개를 향하여 달려가는 꿈

장차 아이가 인기인이나 유명인사가 되어 사람들의 입에 오르내리게 된다.

번개불을 보는 꿈

자손이 귀한 집에 자식이 생긴다.

샘물을 마시는 꿈

섬세함을 지녀 장래에 작가나 예술가로써 크게 성공할 자녀를 출산한다.

우박이 갑자기 지붕을 온통 뒤덮는 꿈

아들을 출산하게 된다.

해가 강에서 떠오르
는 꿈

　　　　　　　아들을 출산하게 되나 헤어질 우려가
있다.

해를 손으로 만지거
나 따는 꿈

　　　　　　　많은 권세와 재물을 얻게 될 아들을 출
산한다.

해를 치마폭에 받는
꿈

　　　　　　　장차 아이가 사업이나 학문적, 종교적
인 일에서 성과를 거두어 국가와 사회에 이름을 떨치게 된
다.

해 두개가 붙어 보이
는 꿈

　　　　　　　쌍둥이를 낳게 되거나 두개의 사업을
동시에 이룩할 뛰어난 자식을 출산하게 된다.

높은 산에서 떨어지
는 꿈

훌륭한 아들을 낳는 꿈.

산을 통째로 삼키거
나 품에 안는 꿈

집안을 크게 부흥시킬 아기를 낳을 길
몽이다.

강을 건너는 꿈, 물이
마른 강을 보는 것

유산을 뜻한다.

초승달을 보는 꿈

아들이나 보름달에 비해 격이 떨어진
다.

금빛 태양이 자신을
향해 이글거리는 꿈

문제아인 자식을 낳지만, 후에 부모의
이름을 크게 빛나게 할 귀한 자식을 낳는다.

**달을 보고 잉태하는
꿈**

대체로 계몽적인 사업에 종사하는 사람, 또는 유명인이 된다.

**무지개를 타고 선녀
가 내려오는 꿈**

이런 광경을 보고 아기를 낳으면 부귀영화를 누릴 사람으로 출세한다.

**예쁜 조약돌을 줍거
나 강속의 조약돌을
보면**

아들을 낳는다.

**산꼭대기에 올라서거
나 높은 산에서 떨어지
는 꿈**

뛰어난 인물을 잉태하는 꿈이다.

**들판에 익은 벼를 보
거나 추수하는 꿈**

곧 태기가 있음을 암시한다.

평온한 바다를 보는
꿈

만약 임신한다면 건강한 사내를 낳는
다.

해일이 일어나는 바
다를 보는 꿈

건강한 아들을 낳지만, 난산일 수 있
다.

구름 위를 나는 꿈

귀한 자식을 순산할 좋은 꿈

오이를 보면

딸을 낳는다.

호박을 따면

딸을 낳는다.

꽃이나 과일을 보면

딸을 낳는다.

우물을 보면
딸을 낳는다.

감을 줍는 꿈을 꾸면
딸을 낳는다.

조개를 잡으면
딸을 낳는다.

임신한 여자가 숟가
락, 젓가락을 가지면
딸을 낳는다.

꿈속에서 아들을 낳
으면
딸을 낳는다,

뱀이 굴에서 나와 다
른 굴로 들어가는 꿈
딸을 낳는다.

지조 있고 고상한 여성이 되는 딸을 낳을 태몽이나 결혼생활에 불화가 많으며, 그 뒤 종교를 가짐으로 인해 편해진다.

성직자, 학자, 문장가를 암시하는 태몽이다.

씩씩하고 튼튼한 아들을 낳는 태몽이다.

다복하고 재주있는 딸을 낳는다.

해를 삼켜버리는 꿈

태몽 중에서도 가장 큰 꿈으로 사회에 기여할 아들을 낳는다.

보름달을 보는 꿈

다복하고 재주있는 딸을 암시한다.

별이 떨어지거나, 삼키는 꿈

예능계로 진출할 아이를 낳는 꿈이다.

하늘이 갈라지거나 무너지는 꿈

귀자나 현자의 출생을 암시한다.

하늘에 오르거나 하늘문이 열리는 꿈

길몽으로 귀한 아들을 순산한다.

달이 품안으로 들어오는 꿈

딸을 낳을 태몽이다.

흙을 만지거나 흙에
눕는 꿈

귀한 아들을 낳을 길몽이다.

많은 황색 구렁이가
늘어서 있는 것을 보
는 꿈

태몽으로, 태어날 아이는 장차 위대한 정치가나 사업가가 되어 명예를 얻게 되거나 권세가가 되어 재물을 얻게 된다.

파란색 구렁이가 산
정에서 그 몸체를 아
래로 늘어뜨린 것을
본 꿈

기관이나 사회단체의 장이 될 위대한 아이를 낳게 될 태몽이거나, 선풍적인 작품을 저술하게 될 것이다.

임산부가 금불상을
얻는 꿈

태몽으로, 태어날 아이가 장차 사회적

으로 위대한 사업체를 남기거나 정신적인 업적을 이룩하여
세상에 진리를 파급시킬 사람이 된다.

　　　　　　　　태몽으로, 장차 세상에 이름을 떨칠 아
들을 낳게 되며, 그 아이는 자라서 살아가는 동안 여러 사람
과 깊은 인연을 맺게 된다.

　　　　　　　　다른 사람이나 자신의 일거리, 마음 등
을 변화시킬 일이 있게 된다. 임신중의 여성이 이 꿈을 꾸면
여자아이를 출산한다.

　　　　　　　　실제로 환자는 오랫동안 앓았던 불치병

이 낫고 건강을 회복한다. 뜻밖의 어진 귀인을 만나 죽을 고
비를 무사히 넘긴다. 상봉, 기쁨, 행운, 사랑, 새 삶, 임신,
합격, 당선, 승진, 소원성취 등이 있다.

갑옷을 입은 장군이 말을 타고 집안으로 들어오는 꿈

집안에 경사스런 일이 있고 귀한 손님
이 찾아온다. 서울이나 외국에 간 자식이 금의환향한다. 뜻
밖의 좋은 행운으로 풍운아가 되어 대중으로부터 환영을 받
는다. 태몽일 경우, 부인과 새댁은 임신을 하여 똑똑한 옥동
자를 낳아 출세시킨다.

구름, 눈, 비, 무지개를 보는 꿈

구름위를 나는 꿈은 귀한 자식을 순산
할 좋은 꿈이다.

비가 억세게 내리는 꿈

장수하며, 복된 아들을 낳을 태몽이다.

부인과 새댁은 임신을 하여 어진 자식을 낳고, 사업가가 꿈을 꾸면 재수가 대통하고 마음먹은 대로 술술 잘 풀린다. 재물, 횡재, 돈, 물품, 식복 등이 저절로 들어온다.

태몽일 경우, 임부는 유산이 된다. 배우자를 구하는 사람은 결혼 운이 트이지 않는다. 손재나 질병, 말썽 등 궂은일에 부딪치게 된다.

태몽으로, 부인이나 새댁은 임신을 하여 똘똘한 옥동자를 낳아 출세시킨다.

황금 단추 여섯 개 중
두 개만 가진 꿈

태몽으로, 소유자는 훌륭하게 될 형제
가 있거나 한 사람이 작품, 업적, 사업 등에서 두 가지만 성
공한다.

호박 하나를 사 가지
고 집으로 돌아오는
꿈

태몽으로, 부인과 새댁은 임신을 하여
귀한 자식을 낳는다.

소를 끌고 다리에 가
보는 꿈

아내가 임신하게 될 것을 예시한 꿈이
다.

공중에서 포도송이
가 내려오는 것을 받
는 꿈

태몽으로, 아이가 장차 관리나 교사 또
는 작가 등으로 성공한다.

청룡이 하늘에서 내
려와 방으로 들어오
는 꿈

　　　　　태몽으로, 부인과 새댁은 임신을 하여
훌륭한 아들을 낳는다. 재물과 돈이 들어온다.

곳간에 밤이 가득 차
있는 것을 보는 꿈

　　　　　많은 재물로서 가문을 빛내게 된다. 태
몽일 경우, 여자 아이가 태어날 가능성이 높다.

예쁜 새끼 사자가 집
으로 들어오는 꿈

　　　　　태몽으로, 새댁은 임신을 하여 똘똘한
자식을 낳는다. 재물, 돈, 횡재, 식복 등의 길운이다. 혹 손
님과 친인척이 찾아온다.

낚시로 맑은 물에서
신묘한 오색 잉어를
낚아 올리는 꿈

　　　　　희귀한 문예작품을 창작하여 출품하게
된다. 무역, 식품업에 투자한 것이 호황을 맞아 수익을 올리

고 탄탄한 기업으로 성장하게 된다. 부인과 새댁은 임신을
하여 귀한 자식을 낳는 태몽이다.

　　　　　　태몽으로, 부인과 새댁은 임신을 하여
훌륭한 자식을 낳아 명인이 된다. 집안에 경사스런 일이 있
고 슬하의 자식이 입신출세한다. 재물, 돈이 생긴다.

　　　　　　당대의 정신과 물질적 부를 가져다주고
집안이 불과 같이 일어난다. 태몽일 경우에는 집안에 식구가
임신하여 큰 별을 낳는다.

　　　　　　종합예술로 이루어진 멋진 작품을 창작
하여 전시하고 멋있는 조화와 예술성을 깊이 감상하게 된다.

새댁은 임신을 하여 예쁜 딸을 낳는다. 적금과 곗돈을 타서
많은 목돈을 만지게 된다.

조상이 사용하던 밥
그릇을 얻는 꿈

태몽으로, 소유자는 유업을 계승하거
나 전통적인 일에 종사하게 된다.

무덤 옆에 상여나 정
자각이 있는 꿈

큰 인물이 태어나서 명예와 영광을 세
상에 과시한다.

밭에서 배추를 뽑아
가지고 집으로 돌아
오는 꿈

태몽으로, 부인과 새댁은 임신을 하여
예쁜 딸을 낳는다. 재물과 돈이 들어온다.

배를 따온 꿈

태몽일 경우, 속이 탁 트인 아들을 낳
고, 많이 따오면 장차 부자가 된다.

큰 구렁이와 관계된
꿈을 꾸고 태어난 여
자아이에 관한 꿈

　　　　　태몽으로, 태어난 아이는 재주가 뛰어
나거나 세상에 명성을 떨칠 사람이 된다. 소유자는 여류작
가, 정치가, 사업가가 될 것임을 암시한다.

달과 별을 보고 합장
을 하는 꿈

　　　　　신묘한 문예작품을 창작하거나 새로운
아이디어로 신상품을 개발하게 된다. 새댁과 부인은 임신을
하여 귀한 자식을 잉태한다. 합격, 승진, 당선, 대길 등의 길
운이다.

산에서 산신령이 어
린 동자를 데려다 준
꿈

　　　　　태몽으로, 태아가 장차 대표적인 어떤
학자가 못다 한 학문적 과제를 맡아 연구하게 된다.

계란 속에서 용이 나
오는 꿈

부인과 새댁은 임신을 하여 똑똑한 자식을 낳는 태몽이다.

용 두 마리가 집으로
들어오는 꿈

태몽으로, 임산부는 일란성 쌍둥이를 낳는다. 집안의 경사이다.

친척집이나 친구에게
과일과 먹을 것을 얻
는 꿈

새댁과 부인은 임신을 하고, 가정 식구는 물건을 구입한다. 선물과 횡재수가 있다.

임산부의 꿈에 황새
떼가 나무위에 무수
히 앉아 한가롭게 노
는 꿈

태몽으로, 이후에 태어날 아이가 장차 관공서나 기업체의 고급직원들을 감독할 사람이 되는 높은 지위의 사람이 되어 권세와 재물이 얻게 된다.

태몽으로, 부인과 새댁은 임신을 하여 훌륭한 자식을 낳는다. 부동산 소유, 횡재, 재물, 돈, 물품, 식복, 합격, 당선, 자격취득 등이 있다.

희귀한 문예작품을 창작하게 된다. 인기도가 높은 상품을 개발하여 시중 백화점이나 시장에 내놓게 된다. 새댁은 똑똑한 아들을 낳는다.

태몽으로, 부인과 새댁은 임신하여 똑똑한 자식을 낳는다.

노란색 화분을 방안
에 들여왔는데 꽃이
지고 열매를 맺는 꿈

　　　　태몽이면 예술작품으로 성공하여 세상
에 이름을 떨치고 존경 받을 인물을 낳게 될 것이다.

더러운 장소에서 용
을 보는 꿈

　　　　태몽으로, 장차 사람들을 앞에서 이끄
는 인물이 될 아이를 출산하게 된다.

용이 구름에 올라 천
둥벼락을 치는 꿈

　　　　태몽이면 소유자는 국가나 사회의 지도
자가 되고 세상을 계몽할 사람이 된다.

성모마리아로부터 비
둘기 한 쌍을 받는 꿈

　　　　태몽으로, 임산부는 훌륭한 자식을 낳
아 명인으로 키운다.

백합꽃을 꺾어 가지
고 품속에 넣는 꿈이
나 이와 비슷한 꿈

태몽으로, 부인과 새댁은 임신을 하여 선녀 같은 딸을 낳는다. 총각이 꿈을 꾸면 장가를 들거나 경사스런 일이 생긴다.

빨간 나비가 푸른 산
계곡을   날아다니는
꿈

태몽으로, 장차 태아가 높은 관직에 오르고 권세를 누리게 된다.

나무에 걸린 달을 따
가지고 집으로 돌아
오는 꿈

태몽으로, 부인과 새댁은 임신을 하여 예쁜 딸을 낳는다. 횡재, 재물, 돈이 생긴다.

과일가게에서 토마토
를 훔쳐오는 꿈

태몽으로, 삼신할머니가 귀여운 자식을

점지해 주신다. 작은 욕심으로 마음의 스트레스를 확 풀게 된
다.

밝은 희망이 가슴에 안긴다. 소원성취,
임신득남, 합격, 승진, 당선, 자격취득, 안택고사 등이 있다.

태몽일 경우에는 출산이 순조롭게 이루
어진다.

태몽으로, 태어날 아이가 장차 지위와
재물을 겸비하게 되거나 책을 저술 할 사람이 된다.

황금덩어리가 뱃속으로 들어와 임신을 하는 꿈

임산부는 귀동이와 재동이를 낳아 자식을 유명한 스타로 만든다.

학이 마당에서 사람과 노는 꿈

재주가 비상하고 귀하게 될 아들을 낳는다는 태몽이거나, 지식인과 접하게 된다.

임산부가 날아다니는 곤충을 본 꿈

태몽으로, 태아가 장차 인기인이 되어 이름을 널리거나 또는 단명, 부모와 생이별하게 된다.

산봉우리를 따 가지고 집으로 돌아오는 꿈

태몽으로, 부인은 임신을 하여 훌륭한 옥동자를 낳는다. 조직의 장이 되거나 사회의 지도자가 된다.

태몽으로, 태아의 재주가 뛰어나서 유능한 인물이 되고 부자가 된다.

태몽으로, 부인과 새댁은 임신을 하여 귀한 자식을 낳고 그 아이는 장차 커서 훌륭한 사회 지도자가 된다. 상장, 훈장, 승진, 합격, 당선, 횡재, 재물, 행운 등이 있다.

태몽으로, 소유자는 장차 큰 권세와 명예를 얻을 귀한 자식을 출산한다.

맑은 강물 위에서 큰
호박 하나를 건져내
는 꿈

　　　　　　태몽으로, 부인은 임신을 하여 옥동자

를 낳는다.

조약돌을 손에 쥐고
주물럭거리는 꿈

　　　　　　여러 명의 자식을 출산하게 될 꿈이다.

산에서 돌 두 개를 양
쪽 겨드랑이에 각각
끼고 온 꿈

　　　　　　태몽으로, 태아가 장차 두 개의 유산이

나 사업기반을 가지고 부자가 된다.

금붕어가 땅에 떨어
져 어항에 집어넣는
꿈

　　　　　　태몽으로, 예술적 능력이 뛰어난 아이

를 출산하게 된다.

여자가 꿈을 꾸면 합궁과 임신을 하고 남자가 꿈을 꾸면 일복과 재물을 얻는다.

주부나 새댁은 임신을 하여 빛나는 옥동자를 낳는다.

태몽으로, 소유자는 외국에서 출세할 사람이 된다.

태몽일 경우에는 예술 방면에 훌륭하게 될 자손을 잉태한다.

국기를 방안에 펼친
꿈

태몽으로, 소유자는 국가적 또는 사회적인 사업을 하게 된다.

바다에서 인어를 붙잡아 온 꿈

태몽으로, 태어날 아이는 장차 인기인이 되거나 인기작가, 또는 이색적인 종교인 등이 된다.

호수 주변에서 옥을
줍는 꿈

태몽으로, 삼신할머니가 똘똘한 아들을 점지한다. 횡재를 하거나 재물이 들어온다.

금은방에서 예쁜 다이아 반지를 사 가지고 집으로 돌아오는
꿈

태몽으로, 새댁은 임신을 하여 예쁜 자식을 낳는다. 물품 구입을 한다.

임산부가 백마를 낳
는 꿈

임산부는 훌륭한 외교관이 될 자식을 낳아 출세시킨다.

방안에 물이 가득한
데 물고기가 노는 것
을 보는 꿈

태몽으로, 소유자는 사상가, 문학가, 실업가 등이 된다.

물에서 나온 금빛 잉
어가 용이 되어 구름
속에서 불꽃 덩어리
두 개를 떨어뜨린 꿈

태아가 장차 크게 성공해서 세상을 놀라게 하고 감화를 줄 업적을 남길 것을 예시한 꿈이다.

하얀 옥 항아리 속에
세 개의 진주 알이 알
알마다 용이 되어 하
늘로 오르는 꿈

태몽으로, 부인과 새댁은 임신을 하여

훌륭한 아들 삼형제를 낳아 출세시킨다.

　　　　실제로 임산부는 지덕, 용맹 등을 갖춘 자식을 낳아 훌륭한 장군과 수장으로 출세시킨다. 횡재, 재물, 돈, 부귀공명, 임명장, 명예 등이 있다.

　　　　부인과 새댁은 임신을 하여 훌륭한 옥동자를 낳는 태몽이다. 명예, 경사, 행운, 횡재, 재물, 돈 등이 있다.

　　　　처녀이면 애인과 합궁을 하고 부인과 새댁은 임신을 하게 된다.

부인과 새댁은 임신을 하여 똑똑한 자식을 낳는 태몽이다.

태몽이면 큰 인물이 되기는 하겠지만 유년시절에 부모님을 속썩인다.

재주와 지혜가 뛰어난 사람, 부귀한 사람, 일거리, 재물, 명예, 작품 등의 상징이다. 기린은 전설적인 영험한 동물로 알려져 있어 당신의 명성이 천하에 떨칠 대단한 길몽이며, 미혼여성이 이 꿈을 꾸면 장래 큰 일물이 될 남성과 맺어지고 임신부는 현명한 인물을 낳으며 당신 가정이 태평성대를 누리게 된다.

깊은 산속에서 과일
을 따는 꿈

　　　　태몽으로, 장차 재력가로 성장할 아들
을 잉태 하게 된다.

금붕어가 서로 뒤엉
켜 있는 것을 보는 꿈

　　　　태몽으로, 사회에 많은 공헌을 하고 큰
기업가가 될 아이를 잉태하게 된다.

가지를 속옷이나 앞
치마에 담는 꿈

　　　　지고한 노력 끝에 임신을 하여 귀한 자
식을 낳는다. 횡재, 재물, 돈, 물품, 먹거리 등 푸짐한 부와
식복이 들어온다.

미확인　비행물체가
입을 통해 뱃속으로
들어오는 꿈

　　　　실제로 영기를 먹고 대각을 얻어 성인,
군자, 도인, 종교인 등이 된다. 새댁과 부인은 임신을 하여
훌륭한 옥동자를 낳는 태몽이다. 창조, 창작, 연구, 대각, 성

령, 정기, 영기, 천기 등이 있다.

감방 안에서 아침 햇덩어리를 먹는 꿈

임산부는 귀한 자식을 낳고, 학생, 재수생, 고시생은 우수한 성적으로 합격한다. 특히 연구원이나 사업가는 대업을 성취하고 입신양명하게 된다. 그늘에 처해 있던 사람, 재소자, 수용자, 낙오자 등은 행운의 여신을 맞이한다.

작은 새의 꿈

작은 새는 이름을 알 수 없는 새라도 태몽이다. 새가 활발하고 예쁜 것이 좋으며, 약한 새, 병든 새를 보고 임신할 경우, 아기는 건강하지 못하고 일찍 죽는다.

과일을 치마 속이나 허리춤에 감추는 꿈

자손이 잉태되거나 이성의 사랑을 얻고 돈이 생길 수도 있다.

아름답고 예쁜 핑크
빛 사파이어 반지가
환히 한눈에 들어오
는 꿈

　　　　　부인이나 새댁은 임신을 하여 예쁜 딸
을 낳는 태몽이다.

달에서 토끼가 떡방
아를 찧고 있는 꿈

　　　　　집안이 안정, 번성하고 미혼자는 혼사
의 성취나 귀인을 상봉하게 되며 기혼자는 귀여운 자녀를 잉
태하게 된다.

꽃사슴 새끼가 집안
으로 들어오는 꿈이
나 이와 비슷한 꿈

　　　　　태몽으로, 임산부는 훌륭하고 예쁜 딸
을 낳는다. 집안에 새 식구를 맞이한다.

맑은 강에서 예쁜 붕
어가 놀고 있는 꿈

　　　　　태몽으로, 부인은 임신을 하여 아들을

낳는다. 친구, 애인을 만나 즐거움을 갖는다.

태몽으로, 태어날 아이가 장차 학자, 성직자, 기업가 등이 되어 많은 후배를 양성하게 되어 이름을 세상에 떨치게 되고 부귀와 영화를 누리는 삶을 살게 된다.

태몽으로, 부인과 새댁은 임신을 하여 예쁜 딸을 낳는다. 사랑을 낚는다.

무슨 일을 맡겨도 시원스럽게 해결해내는 능력을 가진 아이가 태어나게 된다.

많은 조개를 잡는 꿈

미혼녀일 경우 혼담이 오가고 자신의 창작물을 남에게 보여주게 되며, 임신한 사람은 여아를 낳기 쉽다. 아기가 장차 많은 재물, 사업체, 창작물 등을 성취시킬 사람이 된다.

청룡이 여성의 성기 안으로 들어오는 꿈 이나 이와 비슷한 꿈

태몽으로, 부인과 새댁은 임신을 하여 훌륭한 자식을 낳게 된다. 현대판 아방궁에서 남녀가 달콤한 단꿈을 꾸게 된다.

남의 집에서 예쁜 오 팔반지를 훔쳐 가지 고 나오는 꿈

부인과 새댁은 예쁜 딸을 낳는 태몽이다. 깔아놓은 외상값을 받는다.

소나무 밑에 동물이 있는 꿈

태몽으로, 태아가 장차 큰 기관의 관리

자가 되거나 지조 있고 충의로운 사람이 될 것이다.

용이 이불 안으로 들어오는 꿈

새댁은 임신을 하여 훌륭한 자식을 낳는 태몽이다. 남녀가 합궁을 한다.

구관조가 방안으로 들어오는 꿈

태몽으로, 임산부는 명인이 될 훌륭한 자식을 낳는다. 귀빈, 친인척, 친구, 애인 등이 찾아온다.

매화가 매실을 맺는 것을 보는 꿈

재주가 비상하고 이름을 빛낼 자손이 태어나게 된다.

스승이나 목사, 신부로부터 양식을 받은 꿈

종교적인 성향이 강한 아이를 낳게 된다.

남의 집에서 반지를
얻는 꿈

　　　　　　새댁이나 부인은 임신을 하여 귀한 자
식을 낳는다.

호랑이를 타고 대궐
이나 큰 저택 등의 대
문으로 들어가는 꿈

　　　　　　소유자는 정당이나 단체의 추대를 받아
큰 기관, 단체의 우두머리로 출세할 아이를 출산한다.

하늘에서　떨어지는
영롱한　옥덩어리를
앞치마로 받는 꿈

　　　　　　부인과 새댁은 임신을 하여 옥동자를 낳
는다.

제비가 치마 속으로
들어오는 꿈

　　　　　　부인과 새댁은 임신을 하여 훌륭한 자
식을 낳는 태몽이다.

임산부가 집안이나 공
공장소에서 어항 속의
금붕어를 들여다보는
꿈

　　　　　　태어날 아이가 장차 예술가가 되어 예
술작품으로 성공하거나 많은 여직공을 거느릴 수 있는 기업
을 일으키게 되어 많은 돈을 벌게 된다.

큰 바위 한복판에 임
금 왕(王)자가 새겨져
있는 꿈

　　　　　　임산부는 자식을 낳아 장차 커서 훌륭
한 지도자를 만든다.

돼지 새끼 한 마리를
품에 안고 집안으로
들어오는 꿈

　　　　　　부인이나 새댁은 임신을 하여 훌륭한
자식을 낳는 태몽이다.

뱀장어가　몸속으로
들어오는 꿈

　　　　　　부인과 새댁은 임신을 하여 훌륭한 아

들을 낳는다.

검은 치마에 태양을 받은 꿈

오색찬란한 치마로 변했다는 태몽일 경우, 아이가 장차 평범한 신분에서 일약 고귀한 신분이 될 것을 암시한 꿈이다.

해와 달이 뱃속으로 들어와 임신을 하는 꿈

임산부는 훌륭한 지도자나 명인을 낳게 된다. 명예, 권세, 예체능의 스타, 부귀공명, 식복, 저축, 학문과 진리탐구, 기술, 정보, 재물, 경험축적 등이 있다.

임산부가 한 마리의 제비를 가까이 한 꿈

태어날 아이는 장차 재주가 뛰어나고 아름다운 얼굴을 지니게 될 것이다.

생산, 하청, 서비스, 무역업 등에 투자하여 엄청난 돈을 벌고 대기업으로 오르게 된다. 횡재, 재물, 돈, 경사, 소식, 작품완성, 태몽 등의 길조이다.

태몽으로, 부인과 새댁은 임신을 하여 귀한 아들을 낳는다. 횡재, 재물, 돈, 물품, 선물, 명예, 계약, 상장, 훈장, 자료, 낙찰 등이 있다.

아이가 장차 업적, 사업, 작품 등으로 성공할 인재가 된다.

부인과 새댁은 임신을 하여 예쁜 딸을 낳는다. 재물, 돈, 식복 등이 생긴다.

오이씨를 먹는 꿈

소유자는 귀한 자식을 낳는다.

동굴 속에서 석순을
따 가지고 나오는 꿈

부인과 새댁은 임신을 하여 훌륭한 옥
동자를 낳는다.

아카시아 꽃이 활짝
핀 오솔길을 걸어가
는 꿈

태아가 장차 명예로운 성공을 거두고
부귀로워질 것이다. 아이가 집안의 명예를 빛내게 될 것이
다.

백발 노인으로부터
귀중한 의학 서적을
받는 꿈이나 이와 유
사한 꿈

임산부는 자식을 낳아 장차 커서 훌륭
한 의사로 만든다. 문서, 선물, 재물 등이 생긴다.

총명한 자식을 잉태하거나 자손에 영화로움이 따른다든지 금전과 이권의 기쁨을 얻게 된다.

아이가 장차 위대한 인물이 되며, 어떤 일이 있어도 유산되지 않고 출생한다.

새댁이나 부인은 임신을 하여 떡두꺼비 같은 옥동자를 낳아 출세시킨다. 정치가는 권력을 장악하고 사업가는 부자가 되며, 학생은 학업성적이 오르고 명문대학에 입학한다. 남녀 합궁, 재물, 돈, 명예, 권위, 출세 등이 있다.

나무의 열매를 보는 꿈

이 꿈은 임산부가 꾸면 아들을 낳을 태몽이고, 처녀가 꾸면 배후자를 만나 결혼을 하게 된다. 또는 재물이 들어온다.

까치 새끼가 치마 속으로 들어오는 꿈

임신을 하게 된다. 봄바람 따라 사람과 인연을 맺는다.

앵두 알을 앞치마에 담는 꿈

부인과 새댁은 임신을 하여 옥같이 예쁜 딸을 낳는다.

사회의 저명한 지도자로부터 반짝거리는 오팔반지를 받는 꿈

부인과 새댁은 임신을 하여 귀한 자식을 낳는 태몽이다.

새롭게 지은 집, 새로
이사간 집에 문패를
다는 꿈

　　　　훌륭한 인물이 될 자녀를 낳게 된다.

높은 산 중간 지점에
서 무쇠 자물쇠에 열
쇠가 꽂힌 것을 옷고
름에 달고 온 꿈

　　　　아이는 중년 이후에 기업이나 단체를
운용할 수 있는 사람이 된다.

황금두꺼비를　잡는
꿈

　　　　부인과 새댁은 임신을 하여 훌륭한 자
식을 낳는다. 사업가는 사업에 투자하여 상당한 돈을 벌어서
부자가 된다. 강태공은 뜻밖에 월척이 넘는 대어를 낚아 쾌
재를 부른다. 꿈같은 횡재수로 거금을 만지게 된다.

맑은 냇가에서 미꾸
라지를 잡는 꿈

　　　　임산부는 똘똘한 옥동자를 낳는 태몽이

다. 횡재, 재물, 식복이 생긴다.

　　　　　　　부인과 새댁은 임신을 하여 옥동자를
낳는다. 재물, 돈, 물품 등 재수대통이다.

　　　　　　　태몽으로, 부인과 새댁은 임신을 하여
재주덩어리 자식을 낳아 입신출세시킨다.

　　　　　　　귀한 아들을 낳게 된다. 만약 노부인이
이 꿈을 꾸게 되면 그 자손이 번창하거나 출세하게 된다.

　　　　　　　태아가 여아로 장차 여러 번 재가하며
남편이 죽거나 병들어 이별하게 된다.

> 하늘나라에 있는 꽃
> 을 꺾어 가지고 집으
> 로 돌아오는 꿈

부인과 새댁은 임신을 하여 예쁜 딸을 낳는다. 입학, 승진, 합격, 당선, 학위, 자격취득, 성공 등이 있고 입신출세한다.

> 두 마리의 물고기를
> 잡았는데 그 중 한 마
> 리는 놓아주고 나머
> 지는 연못에 넣은 꿈

쌍둥이일 가능성이 높으며 두 명의 자식 중에서 한 명은 유산이 되고 한 명은 순산할 것을 예시한 꿈이다.

> 홍당무를 훔쳐 가지
> 고 옷 속에 넣는 꿈이
> 나 비슷한 꿈

부인과 새댁은 임신을 하여 새로운 스타가 될 아이를 낳는다. 횡재, 재물, 돈, 식품 등의 재복과 식복이 있다.

태몽으로, 소유자는 그 일거리를 집안 또는 기관에서 성취하게 된다.

남자가 꿈을 꾸면 부귀공명, 재수가 있고 여자가 꿈을 꾸면 임신을 한다.

여아를 출산하기 쉬우며 자매를 뜻하기도 한다. 자매가 아닐 때는 한 사람이 두 가지 명예를 얻는다.

부인과 새댁은 임신을 하여 어진 딸을 낳는다. 실제로 물품구입, 횡재, 재물, 돈, 먹거리 등이 생긴다.

윗사람으로부터 배 두 개를 받는 꿈

부인이나 새댁은 임신을 하여 아들 형제를 두거나 혹 쌍둥이를 낳는다. 횡재, 재물, 돈, 수주, 하청, 낙찰, 선물, 상장, 훈장, 임명장, 혼사, 식복 등이 있다.

금으로 장식된 밥상을 누가 주어 높은 곳에 놓고 바라보는 꿈

소유자는 훌륭한 사업 기반, 사업성과 등을 얻고 그 일에 종사하거나 과시할 일이 있게 된다.

땅속에서 황금 구렁이가 나오는 꿈

태몽일 경우, 부인과 새댁은 임신하여 훌륭한 아들을 낳는다. 은행, 보험회사에서 대출을 받는다. 재물과 돈이 생기고 경사가 있다.

태어날 아이는 장차 정치가나 사업가가
되어 큰 권세를 행사하거나 작가가 되어 문학분야에서 혁신적
인 작품을 출판하여 세상에 이름이 알려지게 되고 큰 부자가
된다.

이름을 떨치고 그 명예로써 가문을 빛
낼 자녀를 출산하게 된다.

미혼자는 바라던 이상적인 여성이나 남
성을 만나게 되고, 작가나 학자라면 작품이나 연구에 성과를
얻게 되어 재물과 명예를 얻게 된다. 태몽인 경우에는 태어
날 아이가 부귀영화를 누리고 지위가 높은 사람이 된다.

주방에서 설거지를
하다가 물에서 거북
이를 잡는 꿈

젊은 부인은 임신을 하고 중년 부인은
재물과 돈을 만지게 된다. 온 집안이 태평무사하고 복록이
꿈같이 가득하게 된다.

금, 은으로 된 저울을
얻은 꿈

태아가 장차 학자, 재판관, 평론가, 비
평가 등이 된다.

나무 중간에 열린 과
일을 딴 꿈

소유자는 장차 많은 사업성과를 얻을
인물이거나 많은 부하를 거느릴 아이를 낳는다.

상어를 그물로 잡아
배에 싣는 꿈

공직에 나가 권세를 얻게 될 아들을 출
산한다.

임산부가 무덤 위에
꽃이 피어나는 것을
보는 꿈

자수성가하여 크게 명성을 얻을 아이를
출산하게 된다.

봉황새가 옥구슬을
물고 있는 꿈

부인과 새댁은 임신을 하여 고귀한 자
식을 낳아 장차 커서 유명인으로 출세시킨다. 유명한 도인,
종교인, 교육자, 언론인, 방송인, 법률가 등은 사회에서 큰
업적을 쌓고 명성을 떨치게 된다. 어떤 전문직에 학식 있고
덕망있는 사람이 된다.

감자나 고구마 등을
보는 꿈

임신을 하여 영리하고 재능있는 아들을
낳게 된다.

앞치마에 알밤을 담
는 꿈

새댁이나 부인은 임신을 하여 똘똘한

옥동자를 낳는다. 재물, 식복이 생긴다.

귀하게 될 자식을 낳게 된다.

태아가 학자나 지도자 또는 교사 등이 되는 태몽이 될 수 있다.

부인과 새댁은 떡두꺼비같은 아들을 낳는다. 생산, 경제, 재물, 돈, 횡재, 식복, 발견, 발굴, 행운 등의 의미가 있다.

풍류 남성을 만나게 되거나 그런 아이를 잉태한다.

산 중턱에서 과일을 따온 꿈

태아의 장래는 중년이 되어야 운세가 호전되며 일의 성취를 보게 된다.

학이 평화롭게 날아 가는 꿈

길몽이나 태몽의 성격이 짙다. 학을 보고 임신한 자손은 선량하고 착실한 인격자이며 수명이 길다고 한다.

뱀과 자신이 성교를 하는 꿈

임산부일 경우는 태몽으로, 장차 권세, 명예, 지혜를 가질 아이가 태어난다.

산신령이 나타나 금시 계를 손목에 채워주는 꿈

부인이나 새댁은 임신을 하여 귀한 옥동자를 낳는다. 횡재, 재물, 돈, 경사, 물품, 기쁨, 소식, 승진, 입학, 당선, 합격, 자격취득, 승리, 성공, 계약 등의 효험이 있다.

꽃을 꺾어 든 꿈

남녀 성별에 구애됨이 없이 태아가 장차 명예와 업적을 얻게 됨을 예시하는 꿈이다.

농부로부터 싱싱한 푸른 고추를 받는 꿈

부인과 새댁은 임신을 하여 옥동자를 낳는다.

임산부가 오색찬란한 물고기를 치마에 받는 꿈

태어날 아이가 장차 소설가가 되어 인기작품을 쓰거나 인기인이 되어 사회적으로 유명인이 되고 많은 재물을 모으게 되고 높은 지위를 얻게 된다.

앞치마에 태양 덩어
리를 싸서 집으로 돌
아오는 꿈이나 비슷
한 꿈

　　　　　부인과 새댁은 임신을 하여 훌륭한 옥
동자를 낳는다. 큰 업적을 성취한다.

붉은 장미꽃 속에서
용이 나와 하늘로 올
라가는 꿈

　　　　　부인과 새댁은 임신을 하여 예쁘고 훌
륭한 딸을 낳는 태몽이다.

복숭아밭에서　예쁜
복숭아 하나를 얻어
품속에 넣는 꿈

　　　　　부인과 새댁은 임신을 하여 예쁜 딸을
낳는다.

나무 위에 올라가 뻐
꾹새를 잡는 꿈

　　　　　임산부는 예쁘고 훌륭한 딸을 낳는 태
몽이다. 횡재, 재물, 돈, 물품, 선물, 취득 등이 있다.

　　　　태어난 아이는 복이 많은 자식이며 자라면서 의식주가 풍부하고 여유 있는 삶을 살게 되며 장차 육영사업에 종사하게 된다.

　　　　부인과 새댁은 임신을 하여 훌륭하고 예쁜 딸을 낳는다. 경사, 횡재, 재물, 돈 등이 생긴다.

　　　　남녀의 합궁이 이루어진다. 태몽일 경우, 임산부는 예쁜 딸을 낳는다. 기쁜 소식이 온다.

　　　　아기를 임신하게 되거나 미혼 남성인

경우 여성을 얻게 되고, 자신에게 도움이 되는 권리가 주어
지게 된다.

부인과 새댁은 임신을 하여 옥 같은 딸
을 낳는다.

일국의 대권을 거머쥐거나 문무겸전하
여 훌륭한 지도자가 된 아이가 태어난다.

부인과 새댁은 임신을 하여 똘똘하고
영특한 옥동자를 낳는다. 재물과 돈이 생기고 푸짐한 선물이
들어온다. 횡재, 행운이 온다.

예술적 재능이 뛰어나고 명예를 얻을 아들을 얻게 된다.

옥동자 둘을 낳고 아이들이 20년 후에 대성하여 입신출세하게 된다.

결혼을 하게 되거나 취직을 하게 되고 태몽일 경우, 소유자는 크게 출세할 아이를 낳게 된다.

똘똘한 자식 삼형제를 낳아 당대에 유명한 장군과 명인으로 기른다.

맑은 물속에 싱싱한
무가 떠오르는 꿈

부인과 새댁이 꿈을 꾸면 임신을 하여
옥동자를 낳고, 학생이 꿈을 꾸면 학업성적이 오른다. 사업
가가 꿈을 꾸면 사업이 잘되고 큰돈을 거머쥔다.

뱀을 난도질하니 하
반신에 피가 나면서
사람으로 변한 꿈

태아가 여아로 중년에 병들어 하반신
마비를 가져오거나 덕행을 쌓아 칭송 받는 여자가 될 것이
다.

치타가 거북이를 물
고 집안으로 들어오
는 꿈

태몽일 경우, 임산부는 똘똘한 옥동자
를 낳는다.
재물과 돈이 생기고 기쁜 일이 있다.

잎이 없는 나뭇가지에
서 과일을 따거나 흔
들어 떨어진 과일을
얻은 꿈

　　　　　　어머니와 생이별 또는 사별할 자식을
출산한다.

유리창 안으로 밝은
달 덩어리가 빨려 들
어오는 꿈

　　　　　　타고난 복만큼 부귀영화를 누리게 된
다. 부인과 새댁은 임신하는 태몽이다.

구렁이가 황금덩어리
를 휘어 감고 있는 꿈

　　　　　　태몽으로, 자식을 낳아 커서 훌륭한 명
인이 된다.

백발 노인이나 윗사
람에게 선물로 금도
끼를 받는 꿈이나 이
와 비슷한 꿈

　　　　　　새댁과 부인은 임신을 하여 귀한 자식

을 낳는다. 직장에서 열심히 일한 공으로 상, 훈장을 받거나 승진하게 된다. 재물, 돈, 횡재 등의 길운이다. 신의 가호로 사랑과 행운의 복록이 가슴에 안긴다. 만복, 기쁨, 경사, 대통 등의 길조이다.

태어날 아이가 장차 관리나, 사업체를 가지는 사람이 된다.

태몽으로, 소유자는 자수성가하여 굴지의 갑부가 되었다.

새댁과 부인은 임신을 하여 훌륭한 옥동자를 낳는다. 재물, 돈, 행운 등의 길운이다.

자신이 청룡을 낳는
꿈

부인과 새댁은 임신을 하여 옥동자를 낳는 태몽이다. 창조, 발견, 발명, 행운 등의 길조이다.

귤 밭에서 귤을 따 가
지고 앞치마에 담는
꿈

태몽으로, 부인과 새댁은 임신을 하여 귀한 아들을 낳는다. 횡재, 재물, 돈, 물품, 먹거리 등이 생긴다.

깃발이 다가오는 것
을 영접해 맞이하는
꿈

장차 부귀명예와 번성을 누리는 소망을 이루게 된다. 깃발을 품속에 끌어안으면 재물이 풍부해지거나 총명한 자녀를 잉태하게 되는 길몽이다.

배꼽 속으로 용이 들
어가는 꿈

부인과 새댁은 임신을 하여 훌륭한 자

식을 낳는다. 한 시대의 훌륭한 인물이 나타나 새로운 역사
의 장을 열게 된다.

양귀비꽃을 꺾어 가
지고 치마속에 감추
는 꿈이나 이와 비슷
한 꿈

　　　　　부인과 새댁은 임신을 하여 딸을 낳고
장차 커서 유명한 여걸로 스타가 된다. 경사, 재물, 소유, 횡
재 등이 있다.

금빛 찬란한 큰 종을
안고 있는 꿈

　　　　　부인과 새댁은 임신을 하여 옥동자를
낳는다. 하늘의 뜻을 받들고 만인을 사랑하는 종교, 교육, 정
치 등 사회의 지도자가 된다.

산 정상에 있던 멧돼
지가 내려와 이빨로
자신의 배를 찌른 꿈

　　　　　아이가 장차 최고의 명예 또는 권리를
말년에 획득하게 된다.

여성이 조개를 열고
있는 꿈

재주가 좋은 아이를 낳게 되며 특히,
남자가 이 꿈을 꾸면 아들을 얻는다.

개가 달을 보고 멍멍
짖는 꿈

태기가 생기고 예쁜 딸을 낳는다. 집안
에 경사스런 일이 생기며 먼 곳에서 귀한 손님이 오신다.

큰 바위를 안고 있는
꿈

부인과 새댁은 임신을 하여 훌륭한 아
들을 낳는다. 신으로부터 오복을 받고 집안에 경사가 있겠
다. 재물, 횡재, 물품, 식품 등이 생긴다.

개가 파란 고추를 물
고 방으로 들어오는
꿈

부인과 새댁은 임신을 하여 똘똘한 옥
동자를 낳는 태몽이다. 행운의 복 꿈이다.

절에 들어가 물건을
얻은 꿈

소유자는 그 물건의 상징과 더불어 학
업 이수나 기관에서 신분이 고귀해진다.

고구마를 안고 있는
꿈

소유자는 장차 예능이나 학구적인 방면
에서 큰 인물이 된다.

월척 붕어를 두 팔로
안고 있는 꿈

장래에 작가가 되거나 명예와 재물을
크게 얻을 아들을 출산하게 된다.

노인으로부터   예쁜
사과 하나를 받는 꿈
이나 이와 비슷한 꿈

부인과 새댁은 임신을 하여 예쁜 딸을
낳는다. 횡재, 재물, 돈, 선물, 식복, 명예, 상장, 훈장, 임명
장, 하청, 낙찰, 행운 등이 있다.

임산부가 호랑이 새
끼를 낳는 꿈

부인과 새댁은 임신을 하여 용맹스럽고
지략 있는 장군을 낳는 태몽이다.

깊은 바다에서 하얀
산호를 캐 가지고 집
으로 돌아오는 꿈

태몽으로, 부인과 새댁은 임신을 하여
똑똑한 자식을 낳는다.

산신령이 산모의 아
기를 받는 꿈

임산부는 귀한 자식을 낳아 성직자나
명인으로 출세시킨다.

용이 안개속에 있다
가 다시 나타나는 꿈

소유자에게는 한동안 은둔생활 또는 비
밀을 간직하거나, 모자 이별의 운세 등이 있게 된다.

누런 금덩어리를 먹
는 꿈

부인과 새댁은 임신을 하여 훌륭한 옥
동자를 낳는다. 재물과 돈이 들어온다. 어려운 과업을 끝까
지 이겨내고 이루어낸다.

아내의 손을 잡고 다
리 위로 걸어가는 꿈

부인이 아기를 임신할 태몽이다.

금으로 만든 두꺼비,
송아지 등을 얻는 꿈

태몽일 경우에는 부귀 공명할 자손을
얻게 된다. 또는 복권에 당첨된다.

과일이 세 개 달린 가
지를 꺾어 온 꿈

태몽일 경우 삼형제를 두게 된다. 일반
적인 꿈에 있어서는 한 사람이 세 가지 사업성과를 얻을 것
을 예시하는 꿈이다.

옥과 금비녀가 보이
는 꿈

　　　　　부인과 새댁은 임신을 하여 귀한 옥동
자를 낳는다. 횡재, 기쁨, 승진, 희소식 등이 있다.

신분이 높은 듯한 사
람과 한 이불을 덮고
잠을 자는 꿈

　　　　　장차 귀하게 될 자녀를 출산하게 된다.

캥거루가　집안으로
들어오는 꿈

　　　　　부인과 새댁은 임신을 하여 예쁜 딸을
낳는 태몽이다. 재물, 먹거리 등의 길운이다.

팬더곰 새끼 한 마리
를 안고 집안으로 들
어오는 꿈

　　　　　부인과 새댁은 임신을 하여 예쁜 딸을
낳는 확실한 태몽이다.

부인과 새댁은 임신을 하여 두뇌가 명석한 아들 형제를 둔다. 시장이나 백화점에서 물건과 반찬거리를 구입한다.

부인과 새댁은 임신을 하여 지혜로운 딸을 낳는다. 재물이 생긴다.

부인과 새댁은 임신을 하여 옥동자를 낳는 태몽이다.

훌륭한 배우자를 만나게 되고 그 진행 또한 순조롭다. 또는 귀하게 될 자녀를 잉태한 태몽으로, 볼 수도 있다.

태아가 유산되거나 유아기에 사망한다.

공무원이 되거나 집안을 부흥시킬 귀한 자식을 얻는다.

큰 황색구렁이 2마리가 서로 목을 꼬면서 올라다는 것은 아이들이 상당히 큰 기운과 능력을 가지고 태어남을 뜻하며 매우 강인하고 제 몫을 다하는 아이로 성장할 것으로 보이는 표상이다.

돼지 세 마리로 표현된 세 명의 자식을 가질 수 있으며 돼지라는 표상 자체는 재운이 좋고 풍요로운 삶을 뜻하니 자식들이 다 복을 가지고 태어나게 될 것을 의미하는 표상이다.

희귀한 새였듯이 귀하고, 예쁜 사람이 될 아이가 태어날 표상이다.

태어날 아이가 높은 지위의 사람이 되

며 권세와 재물을 얻을 수 있음을 뜻한다.

태어날 아이가 매우 귀한 명을 가진 사
람이 됨을 뜻한다.

양귀비 꽃을 훔쳐서 소매안에 넣고 도
망나왔다는 것은 태몽으로 볼 수 있으며 유명한 사람이 될
수 있음을 뜻한다.

　　　　　태어날 아이가 능력과 재주가 있고 자신
보다 더 좋은 상황의 경쟁자를 이겨낼 강한 능력을 가졌음을
뜻하고 많은 사람들에게 칭찬과 부러움을 받을 수 있게 됨을
뜻한다.
아이가 자라는 동안 2등을 주로 한다 해도 서운해 하지 마시
고 아이를 믿고 응원해 주기를 바란다.

　　　　　뱀들이 태아표상이 됨을 뜻하며 한마리
가 아니라 여러 마리였듯 여러가지 재주를 가지거나 여러가
지 면을 가질 수 있는 아이가 태어남을 뜻한다.

금빛 새우가 가득한
곳에서 포대자루에
새우를 다 담아 넣은
꿈

새우가 태아표상이 됨을 뜻하며 금빛 새우는 매우 좋은 기운, 능력을 가졌으며 끊임없이 노력하고 정진해 나가는 성격의 아이가 됨을 뜻한다.

황금잉어를 가슴에
꼭 껴안은 꿈

잉어는 지혜롭고 또 황금빛이었듯 신분이 매우 귀한 아이가 태어날 것을 뜻한다.

두 마리의 뱀이 어머
니를 향해 달려든 꿈

뱀으로 표현된 강한 기운의 소유자로 제 몫을 다하는 사람이 될 것으로 보인다.

머리가 두개 달린 뱀
의 여드름을 짜주는
꿈

뱀이 태아표상으로 두 가지의 일을 일

생동안하거나 또는 두 가지의 인생을 살게 될 수 있을 것이
다. 또한 여드름으로 표현된 약간의 문제가 있지만 짜주셨기
때문에 잘 해결될 수 있을 것이다.

물에서 주먹만한 다이아몬드를 주운 꿈

태아가 화려하면서도 귀한 명을 가진
아이가 될 것으로 보인다.

호수에 백조 한마리가 있는 것은 본 꿈

백조로 표현된 지조가 있고 고상한 사
람 혹은 학자나 성직자가 될 수 있는 사람을 뜻한다.

희고 털이 복실복실한 큰 개가 펄쩍펄쩍 뛰놀더니 두 앞발을 올려 안겨온 꿈

태어날 아이가 인기도 많고 재운과 능
력도 많은 아이가 될 것으로 보인다.

모르는 남자가 뱀을
건네주었고 두 손을
건네 받는 꿈

　　　　　태아가 영리하고 건강한 아이가 될 것
으로 보인다.

숲속 같은 곳에서 백
호랑이 큰거랑 작은
거 두 마리가 장난치
면서 놀고 있는 모습
본 꿈

　　　　　태아가 건강하고 활동적이며 용맹하며
영리한 아이로 성장할 것으로 보인다.

꿈속에 시골의 산 위
에 호랑이가 아래로
내다보고 있는 꿈

　　　　　호랑이가 나온 태몽의 아이는 기운이
강하고 능력도 많고 영특하고 재운도 많은 것을 뜻한다.

새끼를 낳았다고 했듯 어떤 작품이나 권리를 만들어 내는 인물이 될 수 있음을 뜻하는데 밑이 더러웠듯 작품이나 권리를 만들어 낸 뒤 건강이나 상황등이 매우 좋은 편에는 속하지 못함을 뜻한다.

기본적으로 어머님의 신분과 능력이 향상될 수 있음을 뜻하고 온 사람의 존경과 보호를 받게 됨을 뜻한다. 또한 임신함으로 인해 신분이 향상 될 수도 있고, 아이가 자라 어머님의 신분을 향상 시킬 수도 있겠다.

기본적으로 돌고래는 사랑스럽고 재주가 뛰어난 사람을 뜻하니 돌고래처럼 건강하고, 자신의 능력을 펼치는 삶이 될 것이다.

개는 사람과 함께 하는 동물이기 때문에 상당히 사랑스럽고 또 영리한 아이가 태어날 것이다.

죽순과 무우 모두 태아 표상이 되겠고 죽순으로 표현된 훌륭하게 될 자손을 잉태한다는 뜻이고 무우는 재운과 연관이 많은 아이를 뜻한다.

간부인 듯한 사람이
엄마에게 분홍빛 나
는 새끼 돼지 한 마리
를 안겨주는 꿈

　　　　돼지라는 표상 자체는 재운이 좋고 풍요
로운 삶을 뜻하니 복을 가진 삶을 사는 아이가 태어날 표상이
다.

길을 가는데 엄청나
게 큰 호랑이가 길을
막아서 보니 잠시 후
호랑이가 하얀 옷을
입은 할머니로 변하
는 꿈

　　　　길을 가시는데 엄청나게 큰 호랑이가
길을 막고 있었다는 것은 그 큰 호랑이가 자신을 의미하는
태아표상이 되겠는데 엄청 컸듯 기운이 상당히 강하고 능력
또한 많은 사람이 됨을 뜻합니다.
그런데, 자세히 보니 호랑이가 하얀 옷을 입은 할머니로 변
해 있었다는 이 부분은 몇 가지의 가능성을 가지게 되는데,
자신의 역량을 최대로 발휘할 수 있는 때가 좀 늦어짐을 의
미할 수도 있고 지혜를 가진 능력이 좋은 사람이 될 수도 있

으며, 좀 안좋게 봤을 때는 건강이 안좋을 수도 있음을 뜻한다.

기운이 매우 강하며, 기름이 인간을 이롭게 하는 것이듯 사람을 이롭게 할 수 있는 사람으로 성장할 수 있게 아이가 태어남을 뜻한다.

총 세 명의 자식을 두거나 또는 이번에 잉태된다면 세 가지의 재주를 가지거나 세 가지의 분야에서 일하거나 형제 자매처럼 가까운 친구를 둘 수 있음을 뜻하고, 기존의 아이들과 비슷한 경향이나 운을 타고 남을 뜻하며 부모에게는 한 없이 예쁘고 귀한 아이가 됨을 뜻한다.

태아가 평범하지 않은 재주나 외모, 능력을 가진 매력적인 아이가 됨을 뜻한다. 즉 파란장미는 이성과 지성을 겸비한 신비로운 매력을 가진 아이가 됨을 뜻한다. 학자가 되든 회사원이 되든 간에 사람들의 시선을 끄는 아이가 되겠다.

여러 마리로 표현된 숫자만큼 자식을 두게 될 수도 있고, 또는 자신과 비슷한 성향의 사람들과 함께 할 수 있게 됨을 뜻하고 전반적으로 그리 어렵지 않은 기반을 가지고 있어 여유로운 삶을 살 수 있게 됨을 뜻한다.

가장 좋고, 금빛 물방울이 반짝거렸듯 속이 꽉찬 아이, 그냥 있어도 귀티가 흐르는 아이가 됨을 뜻하게 되고 뭐 하나 버릴 것이 없는 아이가 됨을 뜻한다.

붉은 장미꽃이 태아표상이 되니 아이가 상당히 외적이든, 내적으로든 상당히 아름다운, 매력적인 외모와 마음을 지닐 것으로 보여진다. 붉은 장미는 정열적인 사랑을 상징하는 꽃이든 현재는 소극적이지만 나중에는 성격이 변할 가능성이 많아 보이고 또 그러면서도 예민하고 예술적인 기질이 강할 수 있어 보인다.

남자아이가 성장하면서 혹 여성적인 기질을 보이게 되더라도 남성적인 성격으로 만들려 고민하지 마시고 그것 자체를 살려 주는 진로나 취미 등을 가질 수 있도록 하는 것이 좋다.

이는 용이 꿈틀거렸듯 자신의 뜻을 세우려 노력해 나가게 됨을 뜻하며 문 바깥쪽으로 나가려 했듯 어떤 틀을 깨려 노력하게 됨을 뜻한다.

다만, 나간 것도, 날은 것도 아니었기 때문에 앞서 말씀드린 것처럼 시일과 노력이 꽤 많이 필요할 수 있겠다.

하지만 스스로 포기하지 않는다면 언젠가는 뜻을 세우고 승천할 수 있겠으니 너무 염려하지 않아도 되겠다.

두 명의 자식을 가지게 됨을 뜻하거나 사랑스럽고 재주가 뛰어난 아이가 태어날 것을 뜻한다.

매미는 아름다운 소리를 내듯 성격이 밝은 아이가 되겠으며 성악과 관련된 일을 하게 될 수도 있겠다.

멧돼지와 성교를 나눴다는 것은 멧돼지로 표현된 강인한 기운이나 권리와 합의가 이루어지게 됨을 뜻하니 멧돼지가 태아표상이 된다. 멧돼지는 자기 주장도 강하고 재운도 좋은 아이가 됨을 뜻한다.

버섯이 태아표상이 되며, 동그랗고 이쁘고 먹음직스러웠듯 건강하고 또 사랑스러운 아이가 됨을 뜻한다. 버섯은 귀한 것이듯 능력과 귀한 신분이 될 것이다.

　　　　　새끼 용으로 표현된 권리나 기회를 얻게 됨을 뜻하고 그 새끼용이 태아표상이 된다면 아이는 매우 귀한 명을 타고 나게 되며, 역량과 재주를 많이 가지게 됨을 뜻한다.

　　　　　쌍둥이나 두 아이의 부모가 될 수 있음을 뜻하기도 하고, 또는 임신이외에 다른 좋은 일이 한꺼번에 생김을 의미하기도 한다.
그리고 금과 은이었다는 것은 아이라면 한 아이가 다른 아이에 비해 좀 떨어지는 능력을 가졌을 수도 있고 임신이외의 다른 좋은 일이라면 별로 문제될 것이 없겠다.

솥이나 냄비를 얻은 꿈

태아가 장차 어떤 사업체를 운영하게 됨을 예시한다.

참기름 한 병을 다 먹는 꿈

장차 태아가 큰 진리를 깨우치고 진리를 베푸는 것을 암시한다.

파, 마늘을 구입하는 꿈

장차 태아가 성장하여 성직자나 교육자가 될 것임을 암시한다.

토끼를 품에 안은 꿈

새로운 이성교제나 좋은 일이 생기고, 만일 태몽이면 귀엽고 예쁜 딸을 낳는다.

달려드는 호랑이를 삼킨 꿈

태몽으로 귀한 자손이 태어난다.

새끼 호랑이 두 마리
를 한꺼번에 안은 꿈

　　　　　명예와 권위를 한꺼번에 얻고, 태몽이
면 연년생이나 쌍둥이를 낳는다.

곤충의 표본을 보는
꿈

　　　　　장차 아이가 크게 출세를 하거나 혹은
염세주의자가 될 수 있다.

곤충이 나는 것을 보
는 꿈

　　　　　장차 연예인으로 이름을 날리게 된다.

관음보살상을　얻는
꿈

　　　　　훌륭한 자녀를 얻거나 훌륭한 작품, 명
예 학위 등을 얻게 된다.

광에 밤이 가득 차 있
는 것을 보는 꿈

　　　　　여자 아이가 태어날 수 있으며 많은 재

물로서 가문을 빛내게 된다.

금불상을 얻게 되는 꿈

위대한 정신적인 지도자로 진리를 탐구할 인재가 태어난다.

나무 아래에 커다란 동물이 앉아 있는 꿈

신분이나 지위를 가진 사람 밑에서 일을 배우게 되거나 사업가로 대성할 자식을 출산하게 된다.

떡시루에 있던 떡을 다 먹어치우는 꿈

장차 아이가 정신적인 지도자로서 이름을 떨치게 된다.

물건을 안고서 산에 오르는 꿈

어렵게 아들을 얻게 된다.

물속에서 잉어나 용, 뱀이 안개를 헤치며 나타나는 꿈

위대한 작품이 나오거나 세상에 감동을 줄 일이 생기며 학자나 군인으로서 명성을 떨칠 아들을 출산한다.

법회에 들어가 경을 읽는 꿈

나라에 크게 공헌할 귀한 아들을 출산하게 된다.

세계 지도를 얻는 꿈

태몽일 경우에는 태아가 장차 사장이나 관리인, 혹은 세계적인 인물이나 지도자가 되리라는 것을 암시한다.

열심히 공부하는 꿈

아이의 장래 직업이 학자나 연구 방면이 된다.

절에서 어떤 물건을
얻어 소유하는 꿈

태몽이면 그 물건의 상징 의미와 함께 어떤 기관이나 단체에서 귀한 신분이 된다.

침실에 빛이 스며드
는 꿈

귀여운 아들을 출산하게 된다.

할아버지가 반지를
손에 끼어 주었는데
손에서 광채가 나는
꿈

장차 아들을 낳아 큰 인물이 됨을 예언하는 것이다.

과일이나 식품을 치
마폭으로 감싸 쥐는
꿈

귀한 직업을 갖게 되며 살아가는데 순탄한 행로를 걷게 된다.

지체가 높으신 분 밑에서 일을 배우게 되거나 사업가로서 성공할 자식을 얻게 된다.

장차 영부인이 될 여아를 얻게되는 꿈이다.

딸을 얻게 된다.

고귀한 자식을 얻어 덕을 보게 된다.

집에 호랑이가 들어
와 있든가 호랑이가
들어오는 것을 보는
꿈

많은 사람들을 즐겁게 하는 인기인이나
혹은 위엄 있는 정치가 및 사업가가 될 아들을 갖는다.

알밤을 따거나 보는
꿈

딸을 낳는다.

속이 빈 짚이나 나무
가 물에 떠다니는 꿈

딸을 얻게 되는 꿈이다.

앵두나무 꽃을 벽장
속에 보관하는 꿈

직계 자손에게 아들이 생긴다.

집안에 과목을 심거
나 과목에 열매가 달
리는 꿈

집안에 복을 끌어들이는 아들을 낳게

된다.

별이 품안에 떨어지는 꿈

선구자적인 인물을 낳거나 성직자가 될 인재를 낳는다.

고추를 보는 꿈

아들을 낳지만 고추를 포대에 담아두는 꿈이면 그 아들이 몸에 상처를 입게 된다.

빨간색 나비가 산 계곡을 날아다니는 꿈

장차 태아가 고위관리로서 권세를 누리게 된다.

과일을 따서 광에 쌓거나 상자에 넣는 꿈

장차 큰 규모의 사업체를 경영하며 부하로부터 존경을 받는 태아를 잉태하게 된다.

낡은 문서를 보는 꿈

성직자, 학자, 언론인으로 대성할 아이를 낳을 꿈이다.

의복, 장신구에 관한 꿈

모자를 쓰는 것은 아들을, 금으로 된 장신구는 딸을, 쌍가락지는 아들을 뜻한다.

꿈에 화장품을 받으면

딸을 낳을 징조이다.

금이나 은, 옥으로 만든 빗을 얻는 것

귀한 자식을 낳을 꿈이다.

먹을 보거나 먹 글씨를 보는 꿈

매우 좋은 징조, 색깔 없는 묵화의 병풍이나 족자의 꿈은 귀자나 현자를 잉태하는 태몽이다.

불 속에 뛰어드는 꿈

부귀영화를 누릴 아들을 낳을 꿈이다.

불덩이가 치마 속으
로 들어오는 꿈

곧 잉태할 태몽. 화로를 껴안으면 순산
한다.

저명인사와 한 이불
을 덮고 잔 꿈

가문을 일으킬 훌륭한 후손이 태어난
다.

원숭이가 재롱을 부
린 꿈

태몽이며 총명하고 지혜로운 후손이 태
어난다.

유명인의 태몽

이승만 대통령

　　　　　어머니의 꿈에 용이 하늘로 승천하는 꿈을 꾸었다. 그래서 이승만 대통령의 어릴 때의 아명이 '승룡' 이었다고 한다.

정진석 추기경

　　　　　두번째 한국 추기경에 서임된 정진석 대주교의 태몽이다. 정 추기경의 친가와 외가는 모두 4대째 독실한 가톨릭 집안이다. 어머니 이복순씨(루시아)는 20세에 명동성당에서 당시 역관이었던 정 추기경의 아버지와 결혼했으며, 22세 때 정 추기경을 임신했다. 이씨는 주교의 관을 쓰고 지팡이를 든 잘생긴 청년이 "어머니, 저 주교 됐어요" 하고 말하는 태몽을 꾼 뒤, '큰일을 할 아이가 나올 것' 이라는 믿음을 갖고 날마다 기도를 했다고 한다. 1996년 87세에 세상을 떠나기 전까지, 하루도 성체조배(성체 앞에서 바치는 기도)를 거르지 않고 외아들을 위해 기도했다.
정진석 대주교의 태몽은 믿을 수 없을 정도로, 태몽의 놀라운 예지력을 보여주고 있다. 꿈속에 청년이 등장한 것처럼 아들을 낳았으며, 실제로 현실에서 주교가 되고 나아가 추기경까지 되었으니, 그 누가 태몽을 헛되다고 할 수 있겠는가?

1927년 음력 9월29일, 경남 동래군 장안면(현 부산광역시 기장군 장안읍 일대)의 갯마을에 사내아기가 태어났다. 박봉관과 김소순, 젊고 평범한 이들 부부는 토끼해에 얻은 첫 아이의 이름을 '태준(泰俊)'이라 지었다. 한학을 공부한 남편이 아내에게 '장차 크게 잘 돼라'는 뜻이라고 풀이해주었다. 젊은 어머니는 친척들에게 태몽을 들려줬다.

"올해 정초 어느날 밤에 달음산이 갑자기 커다란 용으로 변해 용트림하는 꿈을 꿨는데, 그런 다음에 태기가 있었어요."

'인물이 되려면 논두렁 정기라도 받고 나야 한다'는 말이 있긴 해도, 탁월한 인물의 태몽은 자칫 그의 삶을 신비롭게 채색하려는 고의로 둔갑할 수 있다. 박태준의 어머니는 그저 평범한 여인으로, 갓난 아들의 태몽을 꾸며내지 않았다. 태몽의 주인공인 '달음산'은, 그 정기를 나눠준 한 아이의 미래를 대비하듯 지명이 '철(鐵)'과 관련 있다. 달이 뜬다 하여 '달음산(月陰山)'이라고도 하나, '달구어진 산'을 뜻한다고도 한다. 『동국여지승람』에는 달음산이 '탄산(炭

山)’으로 나와 있다. ‘타는 산’을 향찰과 유사하게 표기
한 것으로 추측한다. 달음산을 ‘타는 산’이라고 부른 까닭
은, 산의 형세가 불길 타오르는 모양 같고 아득한 고대에 야
철장(冶鐵場)이 있었기 때문이라는 설이 있다. 〈이대환, 세
계 최고의 철강인 박태준, 현암사, 2004, p.17-p.18〉

반기문 유엔사무총장

　　　　　9촌 숙모를 뵙고 돌아오는 길에 커다란
호두나무가 눈에 들어왔다. 호두가 정말 탐스러웠다. ‘저걸
어떻게 딸까’ 궁리하며 나무를 쳐다보며 서 있었다. 그런데
나무 꼭대기에서 수꿩인 장끼가 우아한 자태로 내려왔다. 원
래 꿩은 수컷이 암컷보다 털도 윤기있고 몸집도 크다. “그
래! 호두 대신 이 놈을 잡아야겠다.” 하지만 꿩은 생각보다
날랬다. 아무리 쫓아가도 잡히지 않았다. 꾀를 내어 수풀 사
이에 숨어 몇시간이고 기다렸다. 아무것도 모르고 어슬렁거
리던 꿩은 끝내 잡혔다. 꿩 발목에다 끈을 매달아 집으로 데
리고 오는데, 녀석은 좀 푸드덕거리는 게 아니었다. 방 문고
리에 줄을 매 놓으니 방 안 온 구석구석을 날갯짓을 하면서
날아다녔다. 반기문의 어머니 신현순은 땀을 흘리면서 잠에
서 깨어났다. 후략…. 〈바보처럼 공부하고 천재처럼 꿈꿔라〉

에서

반기문 유엔 사무총장의 태몽이다. 꿈에서 수꿩인 장끼였기에 이런 경우에는 100% 남아가 출생할 것을 예지하고 있다. 가족들은 꿩이 온 방을 그렇게 날던 것이 외교관으로서 세계무대를 넘나드는 것을 예지했다고 보고 있는 바, 올바른 태몽풀이로, 장차 인생길의 앞날을 보여주는 태몽의 특성을 잘 나타내주고 있다.

김유신 장군

김유신의 아버지인 김서현은 젊었을 때 길에서 숙흘종의 딸 만명을 보고 마음에 들어 서로 좋아하게 되었다. 서현이 만노군의 태수가 되자, 그는 만명과 함께 자신의 부임지로 가고 싶었다. 하지만 만명의 아버지는 서현을 탐탁지 않게 여겨 딸을 다른 집에 가두고 감시했다. 역시 옛날에도 사랑의 힘은 하늘을 감동시켰는지, 만명이 갇혀 있던 집에 벼락이 떨어졌고 만명은 그 구멍으로 도망을 쳤다. 만명을 만난 서현은 아주 특별한 꿈을 꾸었다. 두 개의 별이 자신에게로 내려오는 꿈이었다. 만명도 금으로 된 갑옷을 입은 동자가 구름을 타고 방안으로 들어오는 꿈을 꾸었는데, 얼마 후 만명의 몸에 '태기'가 있었다.

음악가 윤이상

　　　　　　미래의 삶을 예지한 대표적인 태몽으로 손꼽히는 윤이상 씨의 태몽이다. 윤이상씨의 증언에 의하면 "어머니는 내가 태어난 경남 지리산 하늘 위를 상처 입은 용 한 마리가 날고 있는 꿈을 꾸었다"고 전한다. 그는 한국 사람으로서는 최초로 세계적인 작곡가였으나, 정치적으로는 온갖 박해를 받으면서 이국 땅에서 끝내 그리던 고국으로 돌아오지 못했던 사람이다. 67년 '동백림 사건' 당시 그는 서울에 납치된 후, 당시 막강한 권력을 행사하던 중앙정보부에서 온갖 고문을 당했다. 결국 간첩 활동을 했다는 허위 자백 끝에 무기형을 선고받고 옥살이를 하다, 세계 음악계의 구명 운동에 힘입어 2년 만에 석방된 뒤 한국을 떠났다. 그의 꿈은 앞서 이야기한 대로 '용'이라는 심상치 않은 표상이 등장함으로써 그의 음악가로서의 업적을 예고하고 있다. 그러나 용이 상처를 입고 있었다는 점은 그의 불운을 복선처럼 암시하는 것이라고 볼 수 있다. 하늘을 날되 평생 고통을 안고 살았다는 점에서 그의 태몽은 신기할 정도록 예지력을 갖고 있는 것이다.

〈사임당 신씨의 태몽〉 이율곡(李栗谷) 선생의 어머니 사임당 신(申)씨가 강원도 북평에 있을때 꾼 꿈이다. 하루는 동해 바닷가에 가니 웬 선녀가 바다에서 살결이 흰 옥동자를 안고 나와서 안겨주고 사라졌다 이 꿈을 꾼지 얼마 후에 아들 이이(李珥)를 낳았다고 한다. 또한 사임당 신씨의 또 다른 꿈은 〈검은 용이 큰 바다에서 침실로 들어와 서리고 있는 것을 보았다〉이 꿈은 율곡 선생을 낳기 바로 전날 꾼 꿈이다.

율곡 아버지

율곡선생의 부친이 한양에 있다 집으로 내려가는 도중에 주막에서 하룻밤 쉬어가려고 찾아들었는데. 주모가 술을 내오며 은근히 통정을 하자고 유혹 하는데 여인을 뿌리치고 집으로 돌아왔다.

부인이 꿈이야기를 하는데 "흑운이 일어나더니 청룡·황룡이 여의주를 두고 싸우는 구경을 하는데, 여의주를 문 청룡이 내품에 안기는 꿈을 꾸었어요" 라고 하여 아내와 같이 자고서 율곡선생을 낳았다고 한다.

다시 한양으로 올라가는 길에 그 집에 다시 들러서 여인과 통정을 하고자 했으나, 여인이 꿈이야기를 하면서 "저번에 당신이 오시던 전날밤 꿈에 청룡이 날아오르는 꿈을 꾸고서 귀한 아들을 얻고자 선비님을 맞이하려고 했는데 이제사 무슨 소용이 있겠습니까" 하면서 거절을 하였다는 것이다.

박찬호 선수

박찬호 선수의 어머니는 박찬호를 낳을 때, 태몽으로 엄청나게 큰 호수에 백조가 노니는 꿈을 꿨다고 한다.

박찬호는 오늘날 넓은 호수로 상징된 세계 무대에서 야구선수로서 능력을 마음껏 발휘하고 있다. 또한, 박찬호 선수의 어머니는 1998년 덴버에 살고 있는 친척집을 찾았을 당시 로키 산맥의 해발 3,600m의 산에 올랐다가 3,200m 정도에 위치한 호수를 보고 '태몽에서 본 호수가 바로 이 곳' 이라고 밝힌 바 있다. 이러한 태몽꿈의 실현은 20~30년 뒤에, 아니 평생에 걸쳐서 실현되는 특징이 있다.

이승엽 선수

바구니에 뱀이 가득 들어있는데, 어머니가 속을 들여다보니 예쁜 뱀 한마리가 천 원짜리 지폐를 물고 품에 안기는 꿈이었다.

뱀도 암컷 수컷이 있기에 뱀꿈으로 아들 딸을 100% 구분해 낼 수는 없다. 일반적으로 큰 구렁이 꿈의 경우, 아들인 경우가 많으며, 작고 앙징맞은 뱀의 경우, 딸인 경우가 많지만, 이 역시 절대적인 것은 아니다. 이승엽 선수의 경우, 예쁜 뱀의 태몽이니, 여아의 상징에 가깝지만, 남자로 태어났다. 일반적으로 이렇게 예쁜 뱀의 태몽인 경우 미남자이든가, 여성적인 성품의 사내가 될 가능성이 높다. 뱀이 천 원짜리 지폐를 물고 품에 안기는 꿈이었으니, 재물운에 있어서는 넉넉할 것으로 보여진다.

박지성 선수

박지성 선수를 임신했을 때 어머니는 용과 큰 뱀이 자신의 몸을 칭칭감고 하늘로 오르는 꿈을 꾸었다고 한다.

용은 부귀영화 및 권세 권위의 상징으로, 장차 커다란 권세를 누리거나 부귀영화 등 여러 사람들에게 주목을 받게 될 것을 예지하고 있다. 다만, 이 경우 하늘에 날아올라 기세를 떨치는 꿈일수록 좋다. 음악가였던, 故 '윤이상' 씨도 용꿈의 태몽이었으나, 상처입은 용이 하늘을 나는 꿈이었기에 크게 자신의 뜻을 펼치지 못한 사례가 있다. 큰 뱀은 구렁이가 되는 바, 이 역시 남아일 가능성이 높으며, 크고 늠름한 태몽 표상에서 커다란 인물이 될 것임을 예지해주고 있다. 수많은 뱀을 거느린 구렁이 태몽으로 태어난 사람이 장차 군 장성으로 실현된 사례가 있다.

이천수 선수

이천수의 어머니는 밝게 빛나는 금반지 받는 태몽을 꾸었다고 한다. 밝게 빛나는 금반지 역시 태몽 꿈으로는 최상이라 할 수 있다.

일반적으로 금반지는 신분, 명예, 능력이나 귀한 일거리나 대상을 상징하며, 연분이나 인연됨을 뜻하고 있다. 누구나 갖고 싶은 선망의 대상의 상징이기에, 자신의 능력이나 그릇됨이 다른 사람의 주목을 받는 인물로 되는 것을 예지해주고 있다.

배우 강수연

강수연의 태몽은 '고구마 밭에서 골동품으로 보이는 화병을 캐어 개울물에 씻어보니 찬란하게 빛이 나더라'는 것이다. 그녀의 태몽에 나타난 '골동품 화병'은 여러 사람들이 감상하는 대상이니 배우의 직업을 의미 있게 하고, 물에 씻어 빛이 났으니 무언가의 도움(냇물)을 얻어 세인의 주목(빛)을 받는다는 것이 된다.

연예인 황신혜

　　　　어머니의 태몽꿈에, 꿈속에서 하늘나라 정원사였는데 크고 탐스런 꽃을 한아름 꺾어 가슴에 안는 꿈이었다.
꽃은 부귀 성취 기쁨 미인의 상징으로, 크고 탐스런 꽃의 태몽표상이니, 장차 돋보이는 미모를 지니게 될 것이며, 크고 탐스런 표상에서 여러 사람들의 시선을 받게 될 것을 예지해 주고 있다. 꽃꿈이기에 여자일수도 있지만, 태몽에 꽃꿈이라고 하여 반드시 여아가 태어나는 것은 아니다. 연예인 ‘김진’의 경우, 태몽이 꽃꿈이었지만 남자로 태어났다. 하지만, 유난히 하얀 얼굴에서 알 수 있듯이 꽃처럼 귀공자 타입의 얼굴을 보여주고 있다.

연예인 김희애

　　　　김희애씨의 어머니는 귤을 직접 딴 것이 아니라 김희애의 어머니가 숲의 오솔길을 한가롭게 거닐고 있는데, 길 양 옆으로 귤을 바구니에 담은 아주머니들이 김희애의 어머니를 옆에서 보좌하고 있는 꿈이었다. 태몽이 되려면 아주 강렬하고 생생한 꿈이어야 한다. 그리하여

20~30년이 지나서도 꿈의 내용을 기억할 수 있어야 한다. 대체적으로 좋은 태몽꿈이다. 바구니에 귤을 담은 아주머니들이 보좌하는 꿈은 사람들에게 추앙을 받게 됨을 예지해주고 있다. 이 경우, 바구니에 담긴 귤이 탐스럽고 싱싱할수록 재물운이나 성취운에 있어 두드러지게 두각을 나타낼 것을 보여주고 있다.

태몽이나 흉몽인 꿈

음식점을 아무리 찾
아 헤매도 끝내 찾지
못하는 꿈

　　　　　유산이 되거나 아이가 정상적으로 태어
나기가 어려울 것이다.

창문 앞에 서서 집 안
을 들여다 본 꿈

　　　　　어려운 환경에서 아이를 출산하게 되
어 산모와 태아의 건강이 안 좋은 징조이다.

음식물을 꼭꼭 씹어
먹었는데

　　　　　임신 중에 유산이 되거나 아이가 정상
적으로 태어나기가 어려울 징조이다.

강에서 태양이 떠오
르는 것을 계속 지켜
본 꿈

　　　　　아들을 출산하게 되지만 직업 관계로
아이와 부모가 헤어질 우려가 있다.

게를 잡는 꿈

장차 사업체를 가지는 아이가 태어날 암시이나, 불구자가 될 사람을 낳을 징조이다.

잉어가 자기 앞으로 오다가 사라지는 꿈

태아가 유산되거나 문제가 생길 징조이다.

방 안에 뿔이 난 금두 꺼비가 있어 문을 닫 은 꿈

특출하고 부귀로워질 아이가 태어났으나, 어려서 죽을 수 있는 불길한 태몽이다.

큰 구렁이가 쥐구멍 으로 들어가면

유산 또는 사망을 예시하는 좋지 않은 흉몽이다.

용이 구름 속에서 눈
을 부라리다 빗방울
을 떨어뜨리는 꿈

태아가 유산하거나 산모에게 질병이 있
을 징조이다.

뱀이 자기 발을 물기
에 밟아 죽이는 꿈

유산이 되거나 태어에게 좋지 않을 질
병이 있을 징조이다.

누런 뱀이 치마 속으
로 들어오는 꿈

중도에 요절하거나 실종될 아이를 낳을
좋지 못한 흉몽이다.

누런 암소가 검은 송
아지를 낳는 꿈

태아가 장차 속을 썩힐 것이며 모자가
이별을 면치 못할 징조이다.

호랑이가 집에 들어
왔다가 사라진 꿈

태어날 아이가 일찍 요절하거나 장차 권세를 잡지 못할 징조이다.

누런 뱀이 치마속으
로 들어왔으나 볼 수
없는 꿈

중도에 요절하거나 실종될 아이를 낳는다.

몸에 감긴 구렁이를
떨쳐버리는 태몽

임신한 이가 유산된다는 암시이다.

꽃이 시들은 것을 보
는 꿈

임신한 이에겐 유산, 생명의 단절, 질병 등을 가져오게 되며, 일반적인 꿈의 경우에는 일의 실패, 명예나 신분의 몰락 등을 체험한다.

방안에 있는 동물을
보고 문을 닫아버리
는 꿈

태아가 유산되거나 일찍 죽는다.

동물을 걷어차는 태
몽

유산을 암시한다.

물건 또는 음식을 어
느 부분만을 입으로
깨물어 먹은 꿈

태아가 유산되거나 중도에서 요절할 것
을 암시한다.

삼킨 물건을 토해내
는 꿈

태아를 유산하거나, 일반 꿈일 경우에
는 어떤 권리를 얻었다가 상실한다.

아기들이 나타나 주
위에서 놀다가 안거
나 같이 놀아달라고
하는데, 자꾸 밀쳐내
는 꿈

유산하게 되는 일이 일어날 수 있다

임산부가 　호랑이나
사자를 피해서 도망
치는 꿈

태아는 유산되거나 일반적인 꿈의 경우
에는 권리 상실이나 사업 실패 등을 체험한다.

늙은 오이 한 개를 따
온 태몽

태아가 얼마 살지 못하고 일찍 죽는다.

천장을 뚫고 들어온
동물에 관한 태몽

태아가 일찍 요절하거나 부모와 일찍
사별함을 암시한다.

곤충류를 발로 밟아
죽이는 태몽

　　　　　태아가 유산될 암시이며, 일반적인 꿈
의 경우 사업과 관련된 경우에는 작은 일이 성사된다.

두 마리의 수탉이 싸
우다가 그 중 한 마리
가 피를 흘리는 태몽

　　　　　태아가 중년에 요절하거나 일반적인 꿈
일 경우 상대방과 크게 다툴 일이 생기게 된다.

매가　족제비·금붕
어·잠자리로　변해
벽에 붙어 있는 꿈

　　　　　태아가 일찍 죽을 때까지의 생활환경
변화나, 허무한 삶이 되어 버린 일생을 암시한다.

용이　나자빠져 있는
태몽

　　　　　태아가 장차 패륜아가 되거나 요절할
사람과 관계하게 된다.

뱀을 입에 물고 질겅
질겅 씹어 피가 묻어
나오는 꿈

유산을 암시한다.

엄지손가락 손톱 밑
에서 조그마한 가시
같은 손톱이 나오더
니 빠져버리는 꿈

유산을 암시한다.

3개의 뿔이 난 금두꺼
비가 방안에 있는 것
을 보고, 문을 닫아버
린 꿈

인물이 특출하고 부귀로워질 아이가 태
어났으나, 세 살에 죽을 것을 암시한다.

아랫니가 빠지는 꿈

동서의 아기가 유산할 것을 암시한다.

 우리아이 태몽풀이 대백과

딸아이를 낳아 건강하게 자라게 된다. 만약 뿌리를 캐어내지 못했다면, 유산하는 일이 일어나게 된다. 또한 캐어내는 과정에서 한 줄기를 상하게 하면 성장과정에서 팔·다리 등을 다치게 되는 일이 일어난다.

첫딸을 낳은 후 다시 아들을 낳았으나, 첫딸이 죽을 것을 암시한 꿈

태아는 여아로 중년에 병들어 하반신 마비를 가져오게 된다.

중뱀을 막대기로 때
려 여러 토막을 낸 태
몽

여아로 장차 여러 번 재가하며 남편이 죽거나 병들어 이별하게 된다.

잎이 없는 나뭇가지
에서 과일을 따거나
흔들어서 떨어진 과
일을 얻은 태몽

어머니와 생이별하거나 또는 사별할 사람과 관계한다.

뱀이 치마로 들어와
허리춤 속에 있었는
데, 다시 찾아 보니
없어진 꿈

유산하거나 단명할 것을 암시한다.

병아리가 물 속에 빠
져 죽는 꿈

아이가 물에 빠져 죽는 일을 암시한다.

 우리아이 태몽풀이 대백과

새가 날개가 꺾여져
추락하는 꿈

새가 하늘을 향해 날아오르다가 날개가
꺾여져 추락하는 꿈은 태어난 아이가 죽을것임을 암시한다.

속이 빈 씨앗을 받는
꿈

다섯개의 씨앗을 받은 것 중에 두개가
속이 빈 씨앗으로 다섯 개를 심었는데 3개만 꽃이 피고 두개는
시들었는데, 실제로 다섯 명의 아들을 게 되었지만 둘은 훗날
요절.

학이 숨도 안쉬고 누
워있는 꿈

하얀 학 한 마리가 처량하게 움직이지
도 않고 고개만 숙인 채, 물가만 바라보고 앉아 있는 것을 보
거나 학이 안겨들듯이 날아오더니, 서있는 다리 밑에 쭉 뻗
은채로 누워 숨도 쉬지 않고 움직이지도 않고 누워있는 꿈은
유산을 암시한다.

임신한 이가 유산될 꿈이다.

어느 날 무밭에 가서 아주 크고 흰 무를
하나 뽑았는데, 그 무가 갑자기 반으로 쪼개지는 꿈은 임신
한 사람이 유산할 것을 암시한다.

두 마리의 물고기 중에서 한 마리는 내
버리고, 한 마리는 연못에 넣은 태몽을 꾸면, 한 아이는 유산
되고 한 아이는 순산하거나 두 형제를 낳았으나 성장 과정에
서 한 아이가 죽게 된다.

금붕어가 어항 속에서 여러 마리 놀고 있었다. 그 중에 어쩐지 앞에 있던 금붕어를 보기가 싫어지고 그 뒤에 있던 눈이 까만 금붕어가 좋아진 꿈으로 첫애를 유산하고, 다시 가진 아이를 낳게 되었으며 아이의 눈이 크고 까만 귀여운 딸을 낳게 되었다

용을 떨쳐 낸 꿈

용이 허리를 감길래 너무도 무서운 나머지 손으로 마구 떼어내서 결국에는 땅바닥에 떨쳐 버렸는데 임신한 아이를 유산한 꿈이다.

개나 뱀을 때려 죽이는 꿈

개를 때려 죽였다거나, 뱀을 막대기로 마구 때려 배를 하얗게 드러내 놓고 죽은 꿈은 임신한 사람이 유산 할 것을 암시한다.

구렁이가 사라진 꿈

구렁이 두 마리가 방으로 들어오더니, 벽장에 올라가 또아리를 틀고 있어, 너무 무서워 막 쫓으려 해도 나가지 않았다. 그래서 친정어머니를 불렀는데, 어머니가 벽장문 옆에 걸려 있던 서양화 액자를 떼어내니, 구렁이가 벽장 안에서 스르르 나오면서 밖으로 나가 버렸던 이 꿈은 임신한 사람이 유산한 꿈이다.

비쩍 마른 송아지가 들어왔다가 나간 꿈

송아지가 들어왔다 나가버리면 단명을 의미하며, 그중, 꿈에서 비쩍 마른 송아지가 나간 꿈은 병이 들어 몸이 야윈 상태에서 죽을 것을 알려 준다. 그리고, 어린 송아지가 나갔다고 했으므로, 어려서 죽을 것을 의미하며 만약 나간 게 소였더라면, 장성한 후에 죽었을 것이다.

쫓아오는 사자를 피해 숨었더니 사자가 되돌아간 꿈

쫓아오는 사자를 피해 나무 위에 숨었더니, 그 사자가 되돌아간 꿈은 단명 또는 유산할 것을 암시한다.

맛이 없다고 과일을 뱉어버리는 꿈

탐스럽게 열린 과일을 따서 먹다가 맛이 없다고 뱉어버리는 경우 임신하던 이에게 유산, 태몽 중 과일을 먹는 꿈을 자주 꾸지만 무엇을 먹든 한 입에 삼켜야 그게 별 이상이 없는 태몽이지, 잘라 먹거나 아싹 깨물어 먹는 것은 좋은 꿈이 아니다.

용이 하늘에서 떨어지는 꿈은

난산이나 유산을 암시한다.

사막을 걷는 꿈

태몽이지만, 잉태가 어렵다.

우뢰, 폭풍우, 우박이 내리는 꿈

기형아를 임신하거나 난산을 뜻한다.

눈 덮인 산에서 내려
오는 꿈

유산, 난산의 징조이다.

사납고 큰 동물이 갑
자기 자신에게 달려
드는 것을 한 번에 죽
이는 꿈

태몽이나, 동물은 태아를 상징하며 유
산하거나 태어나서 중도에 요절하게 될 것을 암시한다.

잉어를 사 가지고 오
다가 땅에 떨어뜨리
는 꿈

임신한 부인은 낙태를 하고, 처녀는 애
인과 헤어진다.

잠자리 표본을 보게
되는 꿈

태몽으로, 태어난 여자아이는 일찍 죽는
다.

호랑이나 사자를 피
해서 도망치는 꿈

태아는 유산되고 일반인으로는 권리 상실, 사업 실패 등을 가져온다.

가구의 위치를 바꾸
거나 돌려놓는 꿈

유산할 우려가 있으므로 산모는 매사에 몸조심을 해야 한다.

상한 음식을 얻거나
먹으면

임신중에 유산이 되거나 약한 자식을 낳게 된다.

대박 꿈
사례 모음

불에 타 죽는 꿈

1972년 5월 25일. 이모씨는 새벽에 끔찍한 꿈을 꾸었다.

형편에 맞지도 않게 영업용 택시를 대절하여 안양에 있는 큰 집으로 갔다. 사전에 운전기사에게 한강 인도교를 넘되 영등포구청 쪽으로 해서 구 도로로 접어들어야 한다고 말했다. 잠깐 졸다 깨니 택시는 이미 동작동 국립묘지를 지나서 경부고속도로를 신나게 달리고 있었다. 당황한 이모씨가 길이 아니라고 아무리 고함쳐도 운전기사는 막무가내였다. 무뚝뚝한 그 사나이의 하는 짓에 약간의 불안을 느낀 이모씨는 엉겁결에 핸들을 잡은 운전기사의 어깨를 있는 힘껏 눌렀다. 순간 차체가 붕 뜨는가 싶더니 섬뜩한 기분이 들면서 곧 보기좋게 논바닥에 거꾸로 박혔다. 와지끈 부서지는 소리와 함께 이내 화염에 싸이더니 이모씨의 온몸에 불길이 붙는 것을 보고는 질겁하여 비명을 지르다가 잠에서 깼다.

참으로 괴상한 꿈이었다. 이 꿈을 꾼 다음에는, 형님 댁에 무슨 불길한 일이라도 생긴 것일까?

일찍 출근한 이모씨는 집에서 갖고 나온 당첨 공고를 펼쳐 놓고, 서랍에서 주택복권을 꺼내 대조해 갔다. 그 13장 중에는 500원짜리가 넉 장이었는데, 이모씨는 끝자리 숫자부터 맞추지 않고 대뜸 위에서 내려 훑어갔다. 그러다가 별안간 이모씨 눈이 휘둥그레졌다. 5조에 165701. 1등에 당첨된 것이다. 당첨금이 자그마치 700만원이었다(당시로는 엄청난 금액이다). 원천과세를 떼고도 506만원이었다. 이모씨는 그 돈으로 안양 근교에 평당 460원씩 주고 야산을 장만했다.

자신이 불에 타 죽는 꿈으로 1972년 당시 주택복권 1등에 당첨되었음을 밝히고 있는 사례다. 뜻밖의 주택복권 1등에 당첨되어, 삶에 커다란 변화를 가져오게 될 것을 자신이 불에 타 죽는 꿈으로 예지해주고 있다. 또한 꿈속에서 재물을 안양에 있는 큰집으로 달리는 꿈 내용에서, 장차 안양 부근에 땅을 매입하게 될 것을 보여주고 있기도 하다.

전복된 차 위에 승용차 두 대가 덮치는 꿈

주택복권 3억원 당첨! 정모씨(59)가 복권을 산 것은 순전히 뒤숭숭한 꿈 때문이다. "화물차를 운전하다 차가 전복됐어요. 그 차 위에 승용차 2대가 덮치는 꿈을 꾸고는 놀라서 깼어요."

평소 꿈이 없던 정씨는 생각만 해도 끔찍한 이 꿈을 떠올리며, 안산 외환은행 앞 복권판매소에서 991회차 주택복권 4장을 구입, 그중 1장(1조 102797)이 3억원에 당첨된 것이다.

차가 전복되고, 두 대의 차가 덮쳐서 깔려 죽는 꿈을 꾸고 새로운 탄생의 인생길을 걸어가게 되었다고 볼 수 있다. 한편 정씨는 '덮친 2대의 승용차는 1등의 2장 1세트에 당첨되려고 그런 꿈을 꾼 것 같아' 라고 말했는데, 이는 일리가 있다.

헬기를 타다 죽는 꿈으로, 1억원 당첨

인터넷 주택복권에서 9번째 억만장자 1등 1억원에 당첨된 최모씨는 헬기를 타고 어딘가를 가던 최씨는 폭파와 함께 추락하며 죽는 꿈을 꾸었다. 식은땀을 흘리며 꿈에서 깬 후 평소 긍정적으로 사는 낙천적인 성격인지라, '꿈은 반대일거야…' 라고 생각했다. 이후 평소 즐겨 긁던 복권이 놀랍게도 1등에 당첨되자, 비로소 "아~하! 그 꿈이 1등 당첨 꿈이었구나!" 라며 꿈의 신비함을 깨닫게 되었다.

꿈은 반대가 아닌 상징의 이해에 있다. 죽는 꿈의 상징의미는 새로운 탄생, 부활에 있기에 인터넷 복권에서 1등에 당첨되는 일로 실현되고 있다.

참새를 선택한 꿈

1997년 경주시에서 홍모씨는 "어떤 아주머니가 인삼 한 뿌리와 참새 한 마리를 바구니에 담아 와 선택하라고 했다. 인삼은 10년, 참새는 20년이라고 했다. 그래서 참새를 선택했더니, 그 자리에서 털을 뽑고 먹을 수 있도록 장만해 주는 것을 받았다. 그리고는 가 버렸다. 나는 참새를 우리 방으로 가져와 쟁반에 담아 내 앞에 놓은 걸 보고 깨어났다."

현실에서는 무언가 선택의 기로에 서 있게 될 것이라는 것과 참새를 먹을 수 있도록 해 놓은 것을 보았으니, 참새로 표상된 어떠한 권리 · 명예 · 이권의 획득을 암시하고 있다.

꿈에서는 먹지 않더라도 눈앞에 놓여진 것을 보는 것만으로도 그것에 대한 어떠한 권리를 획득하게 된다. 현실에서의 결과는 얼마 뒤에 참새 모양의 땅을 싸게 살 수 있는 부동산 매입의 현실로 실현되었다.

터진 물줄기에 몸을 적신 꿈

2년전 부동산이 막 활화산처럼 불붙을 때라, 아줌마들이 재테크 한다고 서울의 모 지역을 유심히 살펴보고 다녔다. 시댁식구들은 부동산 계약서를 쓴다고 할 때쯤 꾼 꿈이었다.

'내가 어느 농부랑 산속에 길을 가고 있었는데, 나지막한 언덕인지 어딘지 농부가 곡괭이로 산을 파니까, 거기서 물이 솟구치듯이 쏟아져 나오더라고요. 물 줄기가 확 터져서 저한테 마구 쏟아져 나오는 꿈이었습니다."

사실 그때는 그 꿈이 좋은 꿈인지 어떤지 꿈에 대해서 대면대면 할 때인데, 그냥 물꿈은 좋다고 생각했건만, 시댁식구들이 부동산 계약을 한 후 1년이 지나서 시댁 고모님들이 팔 때 상당한 이익을 남기셨다고 한다.

우물에서 조개 세 개를 캔 꿈

독 주택을 사서 중도금을 치를 무렵에, 이사를 가고자 했던 그 집 마당에 물이 하나 가득 차 있는 꿈을 꾸었습니다. 꿈속에서 마당에는 우물이 있는데, 우물 속에는 물이 없었습니다. 물이 나오게 한다며 호미를 들고 우물 속으로 들어가서 우물 바닥을 파자, 손바닥만한 조개 세 개가 나왔습니다. 조개를 들고 우물에서 나오는 동안 조개가 점점 커져서 두 팔로 하나 가득 된 것을 안고 나왔습니다. 그 후 그 집에서 살면서 그 집은 문서 세 개짜리라고 웃으며 말하였는데, 집을 사면서 진 빚을 갚고, 땅과 집 상가 문서를 쥐고, 그 집에서 다시 이사를 했습니다. 그 집에서 7년 반을 살았습니다.

이 꿈은 집 마당에 물이 하나 가득 차 있는 꿈, 우물에서 조개 3개를 가지고 나온 꿈으로 재물운으로 실현되고 있다.

저는 아기들 꿈을 꾸면 불길하고 재수 없는 일들이 생기고, 시체 꿈을 꾸거나 누군가 죽거나 죽이는 꿈을 꾸면 좋은 계약을 합니다. 어떤 날 꿈속에서 제가 아는 여자가 자동차에 치여 그 자리에서 즉사하더니, 다음날 제가 계약을 하더군요.

며칠 후에는 조그만 덤프 트럭이 무엇인가 싣고 와서 뒤 짐칸을 들어 올리고 문을 여니까 쓰레기 같은 것들이 쏟아지더라구요. 그런데 그건 쓰레기가 아니라 시체들이었습니다. 제 기억으로는 시체 17~20여구였는데, 그 중에서 3명이 갑자기 살아나더니 걸어가 버리더라구요. 그런데 그로부터 1달여간, 제가 계획하던 수많은 계약 건들 중 2~3건이 성사되지 못하고, 10여건 이상의 계약들을 하게 되었답니다.

꿈에, 바닷가 모래사장을 걷는데 한 곳에 갑자기 구더기가 많아지며 구멍이 파지기 시작하더군요. 구멍이 점점 커지더니 남녀 시체 두 구가 아래위로 겹쳐서 손을 꼭잡고 드러나더군요. 그런데 머리 위로 팔을 뻗어 두 손을 깍지를 낀 그 모습이 너무 아름다워서 감동하다가 꿈을 깼죠. 현실에서는, 직장에서 남자선배랑 제(여자)가 동시에 상을 타게 되었어요. 둘이 파트너였거든요.

이처럼 시체는 성취된 업적이나 작품·재물·유산을 상징하며, 또한 사건의 진상·비밀스런 일·거추장스런 일·부채·증거물 등을 상징하기도 한다. 따라서 일반적으로 이러한 시체를 맞아들이거나 걸머지고 오면 소원이 성취되고, 재물이나 이권 등이 생기게 되며, 시체를 내다버리면 모처럼 얻은 일의 성과나 재물을 잃게 된다. 마찬가지로 시체가 되살아나면, 성사시킨 일이 수포로 돌아가거나 사업자금을 되돌려 주게 된다. 또한 장례를 지내는 꿈은 시체로 상징된 어떤 일거리나 대상의 마무리, 처리를 상징적으로 나타내며, 꿈속에서 죽은 시체를 화장해 버리는 것은 어떤 일에 대한 성과나 업적을 소멸시켜 버리는 일로 실현되고 있다.

꿈에서 제가 집을 넓혀 가려고 알아보다가, 집이 많이 낡은 집 2층을 얻기로 했어요. 그래서 딸아이와 함께 빗자루로 쓸면서 집을 청소하는데, 얼마나 많은 구더기가 득실대는지 징그러워서 혼났어요. 크기는 작은데, 선명하고 정말 너무 많아서 징그럽고 무서워 혼났어요. 일어나자마자 홍박사님 사이트에서 확인하니, 구더기는 돈이라고 하더군요. 출근해서 꿈얘기를 하니 나이 드신 어른 역시 "돈이라며 좋은 일 있겠다"고 했는데도, 저는 그 구더기가 너무 징그러워 불안했어요. 그런데 그 말처럼 오랫동안 보류 중이던 건은 물론 생각지도 않은 분이 찾아와 계약이 성사돼 놀랐습니다.

이와 유사한 사례를 들어보면, 노회찬 전 의원이 국회의원 당선 전에 아내 김지선씨가 꾼 꿈을 들 수 있다. 총선 전에 꿈을 꿨는데 집 안에 구더기 비슷한 벌레가 가득 나오더라는 것이다.

김씨는 "꿈 속에서는 '손님이 올 텐데 벌레가 나와서 어쩌나' 하고 걱정했는데, 꿈에서 깨보니 느낌이 나쁘지는 않았다"며 "어머니께 말씀드리니 길몽이라고 하더라"고 말했다.

또 다른 사례는, 새롭게 음식점을 시작한 사람이 쓸어도 쓸어도 구더기가 나오는 꿈을 꾸었는데 그후 가게에 엄청난 손님이 몰렸다.

세 꿈에는 공통적으로 구더기가 나오는데 구더기가 인적 자원이나 재물의 상징으로 등장되고 있음을 알 수 있다. 구더기는 더럽고 징그러워 이러한 꿈이 좋을 리 없어 보인다. 하지만 상징적인 의미로 따져본다면, 구더기가 찾아오는 사람들을 상징한다고 할 수 있다. 이 경우 꿈은 반대가 아닌 상징으로 이해하면 된다. 꿈은 꾼 사람의 처한 상황에 따라 달리 실현되며, 유사한 사례로 어느 보험외판원이 다리에 딱정벌레 같은 것이 새까맣게 달라붙는 꿈을 꾼 후에 수많은 보험계약을 성사시킨 일이 있다.

이처럼 상징적인 꿈에서 벌레는 인적 자원이나 일 등을 의미한다. 또 더럽고 징그러운 해충은 대부분 안 좋은 일, 우환, 질병, 고통거리, 문제점, 방해물 등으로 상징이 된다. 꿈 속에서 이러한 벌레가 등장했을 경우 모두 죽이거나 쫓아내는 등의 표상이 고통거리, 문제점, 안 좋은 일을 해결하고 처리하게 됨을 의미한다. 사례로 발에서 벌레가 나온 꿈을 꾼 후에 무좀이 사라진 사람이 있다.

바다에서 수영하는
꿈꾸고 보물선 발견

　　　　　　지난 2007년 5월14일 밤, 충남 태안에 사는 어민 김용철씨(58)는 바닷가에서 수영하는 꿈을 꿨다. 다음날 아침 태안 대섬 앞바다로 조업을 나간 김씨는 800여 마리의 주꾸미를 낚았다.

좋은 꿈 덕분에 어떤 좋은 일을 기대한 그에게 신기한 일이 벌어졌다. 건져 올린 주꾸미 중 한 마리가 푸른 빛깔의 접시를 끌어안고 있는 것이었다. "주꾸미가 접시를 빨판으로 붙잡고 있는 거예요. 자세히 보니 아무래도 요즘 물건 같지 않은 게 심상치 않더라고요. 자세히 보니 청자 같더라고요." 혹시나 하는 마음에 김씨는 나흘 뒤 태안군청 문화관광과에 청자처럼 보이는 대접을 건졌다고 신고했다. 감정 결과 김씨가 발견한 대접은 틀림없는 진품 고려청자였다. 대섬 앞바다에서 청자대접이 나왔다는 소식을 접한 국립해양유물전시관은 긴급 현지조사에 착수하여, 충남 태안군 근흥면 정죽리 대섬 앞바다에서 대규모의 청자를 실은 채 침몰된 청자 운반선 1척을 찾았다. 육안으로 확인된 미인양품만 2000여점에 달하며 총수장규모는 최대 3만점에 달할 것으로 추정됐다. 김씨가 꾼 바닷가에서 수영하는 꿈은 길몽이다. 아마도 신나게 수영하는 꿈이었을 것이다. 바다로 상징된 활동 공간인 지역사회에서 자신의 역량을 발휘하는 일로 이루어질 것이다. 유사한 사례로 자신이 돌고래가 되어 넓은 바다에서 헤엄치는 꿈을 꾸고 나서, 이름난 포털사이트에 취직하는 일로 실현된 사례가 있는 바, 자신의 능력을 마음껏 펼칠 활동무대를 지니게 될 꿈으로 믿는다.

또한 신기하게도 건져올린 800여마리의 주꾸미 중에 한 마리가 청자를 빨판으로 끌어안고 있었다는 것 자체가 기막힌 우연이다. 어쩌면 김씨가 이러한 꿈을 꾸지 않았다면, 잡혀 올라온 주꾸미가 붙잡고 있던 청자를 자세히 보지도 않고 바다에 던져 버렸을지도 모른다.

보물선에 대한 발굴 조사가 이루어지고 있던 5월30일 밤 김씨는 또 한번 꿈을 꿨다. "꿈에 제가 누워 있는 게 보였어요. 그런데 갑자기 누군가 나타나서 저에게 무언가 하얀 걸 던지는 겁니다. 덥석 받아보니 흰 돼지였어요."

돼지를 얻거나 잡는 꿈은 돼지로 상징된 재물운이 있게 될 것을 예지한다. 이 경우에 있어서도 커다란 돼지일수록 건져 올린 문화재에 대한 보상금이나, 청자가 실려진 보물선을 발견하게 된 공로를 인정받은 포상금의 금액이 많아진다. 김씨가 건져올린 청자의 보상금 및 청자 보물선을 발견하게 한 공로를 인정받아, 포상금으로 2000여만원의 돈을 받게 될 것을 돼지꿈으로 예지해주고 있는 것이다.

대마잡고·엘리베이터 타는 꿈…주식 대박

돌아가신 어머니가 나타나서 "고구마 가져다 먹어라. 너만 먹지 말고 형도 나눠주고 그래라"라고 일러주는 꿈을 꾼 택시기사가 있었다. 다음날 한 손님을 태웠고, 어쩌다 주식이야기를 나누게 됐는데, 손님이 내리면서 말하기를 자신은 모 신문사 기자인데, "○○○ 주식을 사 보세요"라고 일러주는 것이었다.

택시기사는 간밤의 꿈을 떠올리고 형에게 이야기했는데, 꿈을 믿는 형은 그 주식에 8000만원을 투자해 며칠 후부터 연속 상한가를 치게 돼 많은 재물적 이익을 남긴 사례가 있다. 또다른 사례로는 오래전 주식투자에서 엄청난 손실이 있기 전, 최모씨는 바둑꿈을 자주 꾸었다고 한다. 한번은 저 멀리서 상대편이 최모씨 대마를 잡으려고 포위망을 좁혀 오는 것을 알게 되는 꿈이었다. 이는 주식투자의 손실, 재물의 손실이 바둑돌로 상징돼 어려운 상황에 놓이게 되는 날이 얼마 남지 않았음을 보여준 상징적인 미래예지 꿈이었다.

바둑에서 호구(虎口)라고 하는 곳에 바둑돌을 놓는 순간에, 많은 양의 바둑돌이 후다닥 따여 나가는 꿈을 꾼 사례도 있다. 찜찜한 꿈이라도 매수한 종목에서 상당한 액수의 손실이 있다면, 이러지도 저러지도 못한 상태에서 주식을 매도하지 못하고 체념한 듯 지켜보는 사람이 있을 것이다. 그러나 이는 불길한 예지로, 이전보다 더 큰 처절한 폭락을 경험할 수도 있다.

바둑을 두는 데 있어 상대편의 돌을 몇 개 잡아 먹는 꿈은, 며칠 안으로 단타로 적은 수익이 나는 일로 실현되기도 한다. 혹은 주식하는 사람들의 꿈에 엘리베이터 등을 타고 위로 오르면 증권 시세가 오르고, 내려오면 증권 시세가 떨어진다. 한편으로는 학부모의 경우 자식의 성적이 오르내리는 것으로 실현되기도 한다.

꿈속에서 아들의 머리가 깨져 피가 나는 꿈을 꿀 수도 있다. 사실적인 꿈의 요소가 있다면 실제 아들이 사고 등으로 인해 다치게 되는 일로 실현되겠지만, 우리가 꾸는 꿈의 대부분은 상징적으로 이루어지고 있다. 꿈속의 자식은 실제의 자식이 아니라 자신에게 있어 자식처럼 소중한 어떤 일거리 대상을 상징하고 있다. 주식투자가에게 있어서는 자신이 매입한 종목이 자식이 될 수 있으며, 새로 승용차를 구입한 사람에게는 자동차가 애지중지하는 자식의 상징으로 등장되고 있다. 이는 주식에서 막대한 손실이 일어나는 것으로 실현되기도 하고, 새로 차를 구입한 사람은 자동차의 앞부분이 파손되는 일로 실현됐다.

물고기 한 마리를 받은 꿈

주택복권 1등 당첨으로 1억5000만원의 행운을 얻은 꿈사례이다.

"복권을 사기 며칠 전 아내가 꿈을 꿨대요. 거울 같이 맑은 물에서 잉어랑 거북이, 뭔가 알 수 없는 발이 많이 달린 물고기들이 노니는 것을 보고 황홀경에 빠졌답니다. 처제가 그중 한 마리를 건져주기에 받아 안았대요. 그게 행운의 전조였어요."

아내의 꿈얘기를 듣고 '혹시나' 하는 기대 속에 10장의 주택복권을 샀던 것이 1등과 함께 끝자리가 다른 번호로 다복상(100만원)까지 총 1억5000만원에 당첨된 사례다.

장닭이 손가락을 문 꿈, 고양이가 새끼를 낳은 꿈

2006년 10월22일 농구토토 5600만원에 당첨된 사례를 이다.

"전 차돌이라는 닉네임을 쓰는 사람으로, 저의 꿈체험담을 알려드리려고 올렸습니다. 제가 얼마 전, 농구토토복권 5600만원에 당첨되었습니다. 제가 복권을 구입한 그날 밤에 꾼 꿈입니다. 시골집에서 제가 서 있는데 장닭 한 마리가 저한테 오더니 갑자기 저의 손가락을 물더라고요. 순간 놀랐지만 아프진 않았고요. 장닭도 저의 손가락을 물고나서는 저한테 애교를 부리는데 귀엽더라고요.

그리고는 장면이 바뀌어서 역시 시골인데, 제 앞에 어미 고양이가 출산하는데, 출산한 마릿수가 5마리더라고요. 저는 앞에서 어미 고양이의 출산하는 모습을 지켜봤어요. 그중 한 마리를 제 품에 안았습니다. 너무 귀엽더라고요.

다음날 농구경기에서 저는 스코어를 다 맞혔습니다. 배당이 무려 2800배나 됐어요. 2만원을 배팅했는데, 5600만원이라는 대박을 터뜨린 겁니다."

일반적으로는 장닭이 손가락을 문 꿈은 좋은 꿈이 아니다. 꿈속에서 무섭게 느껴진 닭이 손가락을 문 꿈이었다면, 현실에서는 손가락을 다치게 되거나 손가락으로 상징된 자신과 관련된 사람이 해를 입는 일로 실현되는 것이 보통이다. 하지만 이 꿈에서는 아프지도 않았고 무엇보다도 장닭이 애교를 부리는 표상으로 좋은 일이 일어나게 될 것을 예지해주고 있다.

또한 같은 시기에 꾼 고양이가 새끼를 낳는 것을 보는 꿈은 아주 좋다. 일반적으로 출산의 꿈은 어떠한 성취 성공을 이루어내는 것을 상징하고 있으며, 그중 한 마리를 자신의 품에 안는 꿈은 그러한 성취나 성공이 자신에게 이루어질 것을 예지해주고 있다.

뱀을 여러 마리 잡는 꿈

30대 중반의 장모씨는 조그마한 웅덩이에 낚싯대를 집어 넣어 독사를 여러 마리 잡는 꿈을 꾸었다. 평소 잠에서 깨어나면 쉽게 꿈 내용을 잊어버리는 장씨였지만, 이날은 오전 내내 꿈 내용이 머릿속에서 떠나지 않았다. 이에 장씨는 로또복권과 찬스복권을 구입했다. 꿈의 실현은 찬스복권 두 장이 모두 5000만원에, 총 1억원에 당첨되었는 바, 이처럼 뱀을 잡는 꿈은 재물의 상징으로 실현되고 있음을 알 수 있다.

또한 누워 있던 자리에 수백마리 뱀들이 무리지어 있는 꿈으로 주택복권 4억2000만원에 당첨된 사례가 있다. 또한 뱀을 잡는 꿈은 이성을 얻게 되거나 가임여건에서는 태몽 꿈으로 이루어질 수도 있다.

영화 황산벌 개봉 직전 영화배우 박중훈의 어머니가 꾼 꿈이다. 박중훈의 어머니는 아궁이 두 개에 불을 열심히 지피고 있었다. 두 개의 아궁이에서는 연기도 없이 시뻘건 불이 피어올랐다. 한편 이준익 감독은 큰 거북이가 품에 안기는 꿈을 꾸었다. 또 제작사 씨네월드의 원정심 마케팅팀장은 하늘에서 무언가 떨어지기에 앞치마를 폈더니 금괴가 수북이 쌓이는 꿈을 꿨다. 이같은 꿈이야기는 황산벌 개봉 성공 자축 파티 자리에서 알려졌다.

세 사람의 꿈은 모두 길몽이다. 두 개의 아궁이에서 불이 활활 타오른 것은 두 가지 영역이나 대상에서 크게 번성할 것을 알려주는 꿈으로, 아들이 촬영한 영화가 큰 호평을 받게 될 것을 예지하고 있다. 거북이가 품에 안기는 꿈은 태몽이 될 가능성이 높지만, 거북이로 상징된 이권이나 재물을 얻게 될 것을 예지해주고 있다. 앞치마에 금괴가 수북이 쌓이는 꿈 역시 재물적 이익이 생기게 될 것을 알려주고 있다. 영화 황산벌은 개봉 첫 주말 전국 관객 90만명을 동원하는 등 큰 성공을 거뒀다.

MVP 영예를 예지, 정민태 선수 장모님 의 불나는 꿈

2003년 한국시리즈 선발 3승, 7차전 완봉승으로 MVP라는 영예를 얻은 전 현대 프로야구 선수 정민태와 관련된 꿈이야기다. 한국시리즈 7차전 선발로 등판하기 하루 전날 밤, 정민태의 장모 김영구씨가 꾼 꿈이다. 갑자기 집에 큰 불이 나 온갖 가재도구를 홀라당 태우더니, 잠시 뒤에는 어디서 흘러 왔는지 인분 덩어리가 집안을 가득 채우더라는 것이다.

꿈의 예지대로 정민태는 뛰어난 활약을 펼쳐 7차전에서 완봉승을 거두며 MVP에 올랐다. 또 이 성적을 바탕으로 연봉 협상을 유리하게 이끌어, 인분으로 상징된 재물운이 크게 일어날 것을 예지해주고 있다. 이와 똑같은 사례로 2005년 프로야구에서 손민환(롯데)은 최우수선수에 오른 뒤 "어머니(김영자씨)가 불이 나는 꿈을 꿨다. 어머니 꿈 이야기를 듣고

MVP를 탈 것으로 예감했다”고 밝히기도 했다.

영화배우 정준호는 2005년 12월 영화 ‘투사부일체’의 촬영 현장 공개 후, 기자 간담회에서 법정 스님과 제주도 한라산 곤지암에 타종식을 하러 가는 도중 불꿈과 시체꿈을 동시에 꾸었다.

“어마어마하게 큰 산에 불이 나 도망을 가는 꿈이었어요. 한참을 도망가다 웅덩이에 뛰어들어 불을 피했어요. 그러고 나서 잠시 후 택시에서 잠이 다시 들었는데, 온 산에 시체가 널브러져 있었어요.”

불꿈은 번성 발전 확장의 상징의미를 지니고 있기에 장차 그가 출연한 영화가 대박을 터뜨릴 것임을 알려주는 꿈이다. 온 산에 시체가 널브러져 있는 꿈 또한 시체로 상징된 업적 성과물이 넘쳐나게 될 것을 말해주고 있는 상징적인 미래예지 꿈이다.

정준호는 이후 서울 최고의 명당에 집을 사는 행운을 얻었고, 영화와 CF 제의가 쏟아져 들어왔으며, 대박 꿈의 예지대로 ‘투사부일체’는 전편(두사부일체·350만 관객동원)보다 많은 관객 612만명을 기록했다.

대나무 밭을 가꾸고 화롯불을 쬐는 꿈으로 복권당첨

　　　　　"고향집 뒤뜰에 무성한 대나무 밭의 잡초를 뽑고 죽순을 가꾸었다. 그곳에 숯 한 덩이가 있어, 그것을 청동화로에 넣으니 불이 활활 붙어 그 불에 손을 쬐었다."
풍요로운 대나무 밭을 돌보는 꿈도 길몽이다. 활활 타오르는 불을 쬐는 것은 불로 상징된 번창 번영 발전의 혜택을 자신이 받게 된다는 것을 예지한다. 현실에서는 복권에 당첨됐다.

야광탄을 발사해 화재가 일어난 꿈

　　　　　야광탄을 발사하는 광경은 어떠한 일의 진행을 뜻한다. 화재가 나는 것을 보았으니 어떠한 사업이나 일이 장차 크게 융성하게 일어날 것임을 예지하는데 현실에서는 복권에 당첨되는 것으로 나타났다. 또한 이런 꿈은 복권에 당첨되지 않더라도 언젠가는 승진·취직·부동산 매입

등 좋은 일로 실현된다. 사람들은 꿈을 꾼 그 당시에 그런 일
이 일어나지 않으면 꿈을 믿지 않으려 하나, 꿈의 실현은 길
게는 20~30년 뒤에도 이루어진다.

"약혼녀가 며칠부터 돼지꿈이나 백조,
호랑이 새끼 꿈을 꾸었다면서 복권을 사야 한다고 하기에 퇴
근길에 5장을 샀습니다. 당첨 전날은 이회창씨가 꿈에 나와
혹시 낙첨이 되나 걱정도 했는데, 1등은 놓치고 2등에 당첨
됐으니 꿈대로 된 것 같습니다."
윤모씨가 산 복권은 희한하게도 2등(1억3000만원), 3등
(7000만원)에 당첨됐다. 1등의 바로 뒷번호, 전전번호다.
꿈속에서 동물이 등장하는 경우 동물이 이권이나 재물의 상
징이 될 수 있다. 하지만 이 경우 꿈속에서의 동물에 대한 정
황이나 느낌이 무섭다기보다 친근하고 부드러운 느낌을 주
는 경우여야 한다. 대통령에 떨어진 이회창씨가 꿈에 등장해
1등이 아닌 2등에 당첨됐다고 말하고 있다.

더블복권에서 3억원에 당첨된 꿈사례다.

복권추첨이 있기 전날 부인인 이모씨는 심상치 않은 꿈을 꾸었다. 새파란 거북이 두 마리가 자신의 어항에 담겨 있는 꿈이었는데, 태몽이 아닐까 하는 생각을 했다고 한다.

이 꿈의 경우 일반적으로 가임여건에서는 태몽으로 실현될 수도 있다. 이 경우 꿈속에 등장된 동물의 숫자에도 반드시 상관성이 있다. 두마리의 거북이기에 쌍둥이를 두게 되든지, 장차 자녀 둘을 두게 되는 것으로 실현될 것이다.

현실에서는 3억원에 당첨된바, 이 경우에도 꿈속에서 등장된 동물의 숫자의 상징과 일치해야 한다. 거북이 두마리를 보는 꿈으로 더블복권 3억원에 당첨됐다면, 현실에서는 거북이 두 마리로 상징된 1억5000만원짜리 두장의 복권을 상징하는 표상이어야 한다.

누워 있던 자리에 수 백마리 뱀들이 무리 지어 있는 꿈

　　　　　주택복권에서 강모씨(43)는 복권 애호가로, 매주 복권을 구입해 왔다. 주택복권 10장을 구입한 지 이틀 후 자신이 누워 있던 자리에 수백마리 뱀들이 무리지어 있는 꿈을 꾸었다. 강씨는 '예사롭지 않은 꿈'이라는 생각에 부인에게만 꿈 얘기를 했다. 꿈의 실현은 주택복권 1·2등 총 4억2000만원에 당첨되는 일로 이루어졌다.

일반적으로 뱀(구렁이)은 크게 3가지 상징 의미를 지니고 있는바, 재물이나 이권, 이성(異姓)의 상대방, 사건이나 사고 등으로 많이 실현되고 있다. 이 꿈에서는 재물의 상징으로 이루어졌으며, 재물의 상징인 뱀이 자신의 자리에 수백마리가 무리지어 있는 꿈으로 장차 재물운이 있게 될 것을 예지해주고 있다.

주머니에 뱀과 지네 가 들어있는 꿈

　　　　　98년 10월, 더블복권 4억원에 당첨된 충주의 김모씨(32) 사례다.

한번은 배가 갈린 돼지가 붉은 피를 쏟으며 재래식 화장실에

빠지는 꿈이고, 한번은 주머니에 뱀과 지네가 들어있는 꿈이
었다. 이후로 더블복권을 연번호로 계속 구입했다가 1·2등
에 모두 당첨됐다.

자신의 주머니에 뱀과 지네가 들어있는 꿈으로 복권에 당첨
되고 있는 바, 뱀과 지네가 재물의 상징으로 실현되었음을
알 수 있다. 이 경우 자신의 주머니 안에 있는 표상이기에,
재물의 획득이 장차 있게 될 것임을 예지해주고 있다. 배가
갈린 돼지가 붉은 피를 쏟으며 재래식 화장실에 빠지는 것을
보는 꿈도 또한 좋은 꿈이다. 돼지, 피, 똥(변) 모두 재물의
상징으로 자주 등장되고 있으며, 꿈속에서 그러한 상징물들
을 보거나 확보하는 꿈의 전개인 경우 현실에서 재물운으로
실현되고 있다.

뱀에 물린 다리에서 하얀 피가 철철 나는 꿈

　　　　2005년 6월20일 새벽, 인터넷 전자복
권 메가밀리언에서 1000만원에 당첨된 이모씨(25)의 꿈사례
다.

"며칠 전에 특이한 꿈을 꾸었습니다. 커다란 뱀이 여자친구
를 향해 기어오더니 다리를 물더라고요. 뱀에게 물린 여자친

구의 다리에서는 하얀 피가 철철 흘러내렸고요. 너무 놀라 식은땀을 흘리며 꿈에서 깬 기억이 아직도 생생합니다."

꿈의 신비함은 우리 인간의 상상을 뛰어넘어 이루어지기도 한다. 꿈의 실현이 1000만원 당첨으로 이루어진 사례이지만, 다소 의외의 결과로 실현된 사례이기도 하다.

일반적인 꿈에 있어서는 뱀에게 다리를 물린 부분에 교통사고나 사고를 예지하는 꿈으로 실현될 가능성이 높다. 일반적으로 뱀의 상징은 어떠한 사람이나 재물, 또는 사고 등 외부적 영향력을 상징하고 있다. 여기에서는 커다란 뱀이 재물이나 이권의 상징이기에, 뱀에 물렸다는 것은 그러한 재물적 이익의 영향권안에 들어가게 될 것을 보여주고 있다.

노란 금반지를 받는 꿈

　　　　　　노란 금반지를 받는 꿈으로 기업복권(10회차)에서 쏘나타 경품에 당첨된 김모씨의 꿈사례이다.

"꿈속에서 거래처 여직원이 노란 금반지를 주기에 받았어요. 꿈이 하도 생생해서 뒷날 그 여직원에게 혹시 선물로 받을 것 없냐고 묻기까지 했어요. 그리고는 그냥 잊고 지냈죠. 복권을 살 때도 꿈 생각은 전혀 못했어요." 열흘 뒤 김씨는 쏘나타Ⅲ에 당첨됐다. 일반적으로 금반지를 받는 꿈은 남녀

간에 연분을 맺는 일로 많이 실현되고 있지만 금반지에서 반
지가 아닌, '금'의 상징에 의미를 부여한다면 이렇게 재물
을 얻는 일로 실현되기도 한다.

탐스러운 감 두 개를
따오는 꿈

　　　　　　　즉석식 '자치복권'으로 라노스 승용
차에 당첨된 꿈사례이다.

"복권은 아이 아빠가 샀지만, 꿈은 제가 꿨어요. 고향집에
갔더니 감이 주렁주렁 탐스럽게 열려 있었습니다. 그 중에서
도 아주 탐스러운 것 두 개를 따오는 꿈을 꿨는데, 두번째 칸
에서 당첨이 됐어요."

이 경우 일반적으로 '감 두 개를 따오는 꿈'은 태몽으로
장차 두 자녀를 두게 되는 일로 실현되기도 한다. 꿈은 꿈을
꾼 사람이 처한 상황에 따라 달리 실현되고 있는 바, 탐스러
운 감으로 상징된 재물적인 이익이 생기는 일로 나타나고 있
다.

예쁜 도자기 두 개를
품에 안는 꿈

　　　　　레간자 승용차에 당첨된 꿈사례이다.
"복권에 당첨되기 얼마 전에 꿈을 꾸었다. 멋있는 도자기들
이 널려있는 곳에서 가장 희고 예쁜 도자기 두 개를 품에 안
고 집으로 와 거실에 장식하는 꿈이었다.　'TV쇼 진품명품
에 나가야지' 라는 생각도 할 만큼 생생한 꿈이었다."
예쁜 도자기를 가져오는 꿈으로 승용차에 당첨되고 있는 바,
도자기가 재물적 상징으로 실현되고 있다.

돌아가신 시아버님에
게 도자기를 받은 꿈

　　　　　어느 50대 주부의 꿈사례이다. 어느날
꿈에 한 노인이 나타나서 도자기를 주는 꿈을 꾸었다. 나중
에 사진을 통해 알고 보니, 생전에 한전도 본 적이 없는 시아
버님이셨다. 며칠 후 누군가 문을 두드려 나가보니 시청에서
왔다며, 남편이 가지고 있던 땅에 길이 나게 됐다면서 토지
수용에 관한 통보를 하러 온 것이었다. 큰 길이 생기게 돼 땅
값이 폭등, 일부 땅은 보상을 받고 내주고도 새로 생긴 대로
변에 4층 건물을 짓는 막대한 재물을 얻는 일로 실현되었다.

주택복권에서 1·2등 4억2000만원에 당첨된 박모씨(38)의 꿈사례이다.

박씨는 IMF때 10여년 동안 운영해오던 사업장 문을 닫아야 했다. 이로 인해 채권자들의 빚독촉에 고달픈 나날을 보내야만 했다. 그러던 어느 날, 꿈을 꾸었다. "여름 밤 구름 한 점 없는 하늘에 은하수가 흐르고 있고, 쏟아질 듯 수많은 별들이 빼곡히 차 있는데 갑자기 별 다섯개가 하늘에서 내려와 저한테로 오는 것이었어요. 깜짝 놀라 서 있는 동안 별 다섯 개가 제 이마에 내려와 앉았고, 그 순간 잠에서 깼지요." 박씨는 좋은 꿈이라 생각하고 평상시와 달리 5조에 5장을 연번호로 구입했다. 드디어 복권당첨을 확인하는 날, 박씨는 복권을 맞춰보는 순간 놀라지 않을 수 없었다. 총 5장의 복권 중 1등이 1장, 2등이 2장으로 무려 4억2000만원에 당첨된 것이다.

박씨 꿈의 특징은 아름다움과 풍요로움의 표상으로, 새삼 꿈의 신비로움을 느끼게 해주고 있다. 별 다섯개가 내려와 이마에 앉은 표상에서 다섯이란 숫자와 관련된 일이 일어날 것을 예지해주고 있다. 비슷한 사례로, 수레를 끄는 마차가 하

늘에서 내려와 이마에 멈춰선 꿈을 꾼 사람이 말이 그려진
복권을 산 후 당첨된 사례가 있다.

대통령에게 명함 2장을 받고 복권에 당
첨된 사례이다.

박정희 대통령이 대구에 온다는 소식에 대구시는 환호의 물
결로 넘쳐났다. 나는 대통령 앞으로 가서 군중과 같이 손을
흔들고 대통령 만세를 불렀다. 대통령이 다가와 악수를 청하
자 인사를 드리고 나의 딱한 사정을 이야기했다. 그 내용은
"6·25전쟁 때 온 가족이 공산당에게 참살당하고, 살아남
은 처가의 어린 식구들까지 부양하고 있는데 너무 힘에 겨우
니 각하께서 돌보아주십사" 하는 것이었다. 대통령은 한동
안 듣더니 "우리나라는 당신 같은 정직하고 성실한 사람이
필요하다. 반드시 도와주겠다"고 하며 명함 두 장을 주었
다. 그것을 공손히 받아쥐고 집에 돌아와 잠에서 깨었다.
대통령은 최고 최대의 명예, 권세, 이권, 정부나 기관, 회사
의 장(長) 등을 상징하는 표상물로 사용되고 있다. 대통령 명
함을 얻은 것이 이 꿈의 핵심이다. 대통령 명함은 최고의 권
위를 지닌 은택이 미치게 됨을 상징하고 있으며, 악수는 결

합·성사·계약을 뜻하고, 인사를 했으니 소원이 이루어짐을 뜻하고 있다. 대통령의 명함 두 장을 받은 상징처럼, 재물운 등으로 이루어진다면, 두 장의 복권에서 당첨되는 일로 실현될 수 있다. 실제로는 현실에서 복권 1등과 6등에 당첨되었다.

스님의 손을 잡은 꿈

제주도가 발행한 슈퍼밀레니엄 관광복권 1, 2등에 당첨돼 8억원의 거액을 수령한 사람의 꿈사례다.

"스님의 손을 잡았는데 갑자기 100만 볼트 전기에 감전되는 듯한 느낌을 받았어요. 꿈에서 깬 후에도 머리서부터 발끝까지 전기에 감전된 것 같아 한참 동안 야릇한 기분이 들었어요."

아침에 그는 집 근처 농협에 공과금을 내러갔다가 담당 직원의 권유로 복권 몇 장을 샀는데 1, 2등에 당첨된 것이다.

회사 사장이 누추한
집을 방문하는 꿈

　　　　　사장이 우리 집을 찾아와 "사원들이 어떻게 살고 있는지 일일이 다녀보는 것이 도리라고 말하며 일을 열심히 해주기 바란다"고 하는 데서 잠을 깨었다. 복권 3장을 산 날 밤 꾼 꿈으로, 사장으로 표상된 인물은 어떤 기관·단체의 우두머리로서 그러한 인물이 집에 찾아온다는 것은, 최상의 명예나 권리가 주어짐을 뜻하고 있다. 이밖에도 그리스의 백만장자의 부인이었던 재클린이 집에 찾아온 꿈, LA다저스팀의 강타자였던 피아자와 부부동반으로 차를 마시는 꿈을 꾼 후 복권에 당첨된 사례가 있다.

죽은 남편 꿈꾸고
로또 1등 당첨

　　　　　로또 제10회 1등에 당첨된 L씨(60대·충남 아산)는 남편을 일찍 여의고, 홀몸으로 갖은 고생을 하며 어린 자식을 훌륭하게 키운 어머니이다. L씨는 로또를 사기 전날 밤, 죽은 지 30년도 넘은 남편이 갑자기 나타나서 L씨에게 돈뭉치를, 자식들에게는 집문서를 주고 가는 꿈을 꿨다고 한다. 아마도 로또 당첨금으로 자식들에게 집 한 채씩 마련해주는 일로 실현될 것이다. 이처럼 조상이나 죽은 사람이 물건이나 돈을 주는 꿈은 현실에서도 그로 상징된 재물이나 이권을 얻는 일로 이루어지고 있다. 꿈은 반대가 아닌, 상징의 이해에 있다.

어머니 꿈 꾸고 로또
1등에 68억원에 당첨

　　　　　대구시에 사는 행운의 주인공 A씨(40대)는 제1회부터 꾸준히 로또를 구입해온 로또 매니아이지만 매 회차 로또 구입액이 1만원(5게임)을 초과하지 않는다는 자신만의 원칙을 지킨다고 했다. 그동안 그는 4등 두번에다 5등은 셀 수 없을 정도로 당첨되었다. "그동안 로또를 꾸준히 구입해 왔지만, 1등 당첨에 대한 기대를 가진 적이 한번도 없어요. 일주일을 기다리는 즐거움이랄까? 1만원으로 1주일의 행복을 구매한다는 마음으로 로또를 구입하다 보니 이런 큰 행운이 오지 않았나 합니다"고 겸손하게 말하고 있다. 어머니 꿈을 꾸고 1등에 당첨되었다는 A씨의 1등 당첨번호(자동선택)는 17, 18, 19, 21, 23, 32번으로 마니아들 사이에서는 엽기번호로 알려졌다.

어머니 꿈에 대한 상세한 꿈내용은 알 수 없지만, 밝은 모습으로 나타나 좋은 말씀을 해주거나 물건 등을 주는 꿈이었을 것이다. 돌아가신 조상이 나타나는 경우라도 어두운 모습이

거나 화내는 얼굴 등의 경우, 현실에서 안 좋은 사건 사고로
일어나고 있다.

돌아가신 어머니가 황소 두 마리를 끌고 추수하는 꿈

A씨는 국민은행에서 시행하고 있는 모바일뱅킹 서비스 가입 후 받은 로또무료교환 쿠폰으로 제45회 로또추첨에서 1등 83억원에 당첨되었다. A씨는 "추첨 전날 돌아가신 어머니가 황소 두 마리를 끌고 추수하는 꿈을 꾸었다"고 한다. 황소 한 마리도 아니고, 두 마리나 끌고 와서 농작물을 거두어들이는 풍요로움의 꿈이니, 꿈의 실현이 재물이나 이권의 획득으로 이루어지는 것은 당연한 일인 것이다. 이처럼 꿈의 전개가 어떻게 전개되는가가 중요하다. 황소에게 걷어차이는 꿈을 꾸고나서 사고로 다리를 다친 사례가 있다.

조상이 홍수를 피하라는 꿈

돌아가신 부모님이 꿈에 나타나 "경주 시골집에 홍수가 나서 떠내려가니 급히 피하라"는 말씀에

잠에서 깨었어요. 생각해보니 돌아가신 부모님 말씀이, "이제 그만 고생하라는 뜻같이 들려 그날 바로 복권을 샀어요."

추첨 한 시간 30분 전 복권방에서 로또를 구입하여 제3회 로또 추첨에서 1등 20억원의 대박을 터트린 대구의 박모씨(53) 이야기다. 꿈을 분석해 보건대, 박씨의 경우는 아주 운좋은 재물운의 실현으로 이루어진 사례이다. 이 경우 일반적으로는 홍수로 상징된 외부적인 안 좋은 여건 상황에서 벗어나게 되는 일로 실현되고 있다. 우리 모두가 로또 당첨 등을 꿈꾸고 있다. 하지만 800만분의 1이라는 확률을 뛰어넘어 당첨된다는 것이 그 얼마나 힘든 일이고 하늘이 낸 사람만이 가능한 일이라는 것을 우리 모두 잘 알고 있다.

흔들리던 이가 빠진 꿈

흔들리던 이가 빠진 꿈으로 복권에 당첨된 특이한 사례이다.

즉석식 복권 40장을 동료 셋이서 나누어 사서 긁던 중 한 사람이 1000만원에 당첨되었다. 2장이 연식으로 당첨되는 복권이었기에, 나머지 한장의 1000만원 당첨을 확인하기 위해 복권을 긁던 유모씨가 당첨이 되었다.

유씨는 즉석식 복권 1000만원에 당첨되기 며칠 전, 특이한 꿈을 꾸었다. 꿈속에서 흔들리는 이가 있어서 빠졌으면 좋겠다는 생각을 하고 있는데, 바로 그 문제의 이가 쑥 빠지는 것이었다. 유씨는 이 꿈에 대해 일이 잘 풀릴 정도로만 생각했었다. 그런데 결국 복권당첨의 길몽이 된 것이다.

'이빨이 빠졌으면 좋겠다' 라고 꿈속에서 생각한 대로 이루어진 것에 유의해야 할 것이다. 이빨이 외부의 힘이나 타의에 의해서, 또는 저절로 빠지는 꿈의 실현은 결코 좋은 일로 이루어지지 않는다. 꿈속에서 '이빨이 빠졌으면 좋겠다' 고 생각한 대로, 현실에서 다행스럽게 자신이 바라던 대로 1000만원에 당첨되는 일로 이루어졌다고 보아야 할 것이다.

두명의 경찰관에게 체포되는 꿈, 남편과 이혼하는 꿈

대구에서 통닭집을 운영하고 있던 송모 씨는 20일 간격으로 즉석복권으로 1등(1000만원)에 2번이나 당첨되었다.

첫번째 꿈은 당첨 전날 밤 두명의 경찰관에게 자신이 체포되는 꿈을 꿨다. 안좋은 꿈으로 여기고, 꿈을 꾸고 내내 조심을 하다 즉석복권을 샀는데 1000만원에 당첨된 것이다. 이날 이후 정확히 20일 뒤, 송씨는 또다시 이상한 꿈을 꿨다. 이번엔 남편과 이혼하는 꿈이었다. 꿈속에서 크게 3번을 울었는데 너무도 시원했다. 꿈에서 깨어난 후에도 냉수를 마신듯 시원한 느낌이 아주 좋았다.

송씨는 자신의 꿈을 또 한번 시험해 보기로 하고, 며칠 전 당첨 복권을 샀던 바로 그 슈퍼마켓에서 2장의 복권을 샀다. 아니, 이럴 수가. 또 1000만원 당첨이라니….

첫번째 꿈은 두명의 경찰관에게 체포되는 꿈으로 2000만원에 당첨될 것을 예지해주고 있다고 보아야 할 것이다. 경찰관으로 상징된 외부의 강력한 영향권 안에 들어가게 될 것임을 보여주고 있으며, 꿈의 실현은 복권 당첨으로 이루어졌다. 이 꿈은 일반적으로는 어떠한 절대적인 세력에 곤란을 처하게 되는 일로 실현될 수 있다.

두번째 꿈인 '남편과 이혼하는 꿈'도 일반적인 상징으로 좋지는 않다. 남편으로 상징된 어떤 관심의 대상과의 결별을 의미하는 바, 이 꿈에서는 '크게 3번을 울었는데 너무도 시원했다'에서 알 수 있듯이 꿈속에서 느낀 감정이나 정황이 중요하다. 복권 당첨금으로 보다 나은 아파트로 이사 가기를 바라는 만큼, 남편의 상징의미가 여기에서는 현재의 비좁은 아파트를 상징하고 있다고 보아야 할 것이다.

　　　　　꿈속의 느낌이 심상치 않아 다음날 아침 가판대에서 3장의 또또복권을 구입하여, 결국 가운데 한 장이 1등인 1억5000만원, 그 앞번호가 2등 1억원에 각각 당첨되었다. 결국 얼굴에 딱지 두개가 생긴 꿈과 같이 두장이 당첨되었다. 이 역시 신비한 꿈의 세계를 보여주고 있다. 자세한 꿈이야기를 알 수 없는 것이 안타깝고, 보편적인 꿈의 상징성에 어긋나고 있다. 폭력배들에게 맞는 꿈이 일반적으로는 결코 좋은 일로 이루어지지는 않는다. 이 역시 폭력배로 상징된 어떤 외부의 강력한 대상이나 세력에 영향을 받게 될 것임을 보여주고 있으며, 얼굴에 딱지 두개는 두 징표, 두 영역, 두 대상에 의한 것임을 암시해주고 있다.

　　　　　세수를 하는데 머리에서 모래가 우수수

쏟아진다. 깜짝 놀라 자세히 보니 대야에 가득한 모래는 모두가 반짝이는 사금(沙金)이었다. 그것을 손으로 저어보다 잠을 깨었다.

머리에서 사금이 떨어지는 꿈으로 재물운이 있을 것을 예지해주고 있는 바, 복권 당첨으로 실현되고 있다. 꿈속에서 세수를 하면 현실에서 어떤 소원이 충족되고 신분이 새로워지며 돋보이게 된다. 또한 거추장스러운 것을 깨끗이 한다는 유사성의 상징표현으로 근심·걱정의 해소를 가져온다.

사람의 머리는 육신 전체에 대한 첫째이며, 상부 위치에 있고 우두머리격인 상징형성의 개념을 가지고 있다. 모래가 변하여 대야 가득히 담겨진 사금으로써, 복권 1등에 당첨되어 당첨금을 받게 될 것을 상징하고 있다.

　　　　서울에 사는 김씨는 복권 구입 후 이상한 꿈을 꾸었다. 자신의 공장에서 납품업체 사장에게 주문을 받고 있는데, 창문가에 아주 예쁘게 생긴 여자가 공장 안을 쳐다보며 빙긋이 웃고 있는 꿈이었다. 평소 여자가 나타나는 꿈을 꾸고 나면, 물건에 하자가 생겨 반품을 몇번이나 당한 일이 있어 기분이 별로 좋지 않았다고 한다.

결과는 주택복권 1등과 2등 총 5억원에 당첨되었다. 일반적으로 여자가 등장하는 꿈이 싸움 등 좋지 않은 일로 실현된다고 말하는 사람이 상당수 있기는 하지만, 중요한 것은 꿈이 어떻게 전개되느냐에 달려있다. 예를 들어, 용꿈이 무조건 좋은 것이 아니다. 피를 흘리며 떨어지는 용꿈을 꾼 경우에는 좌절이나 실패로 이루어질 것이다. 마찬가지로 예쁜 여자가 밝게 웃는 꿈은 이처럼 좋게 이루어질 것임에 틀림이 없다.

오락기에서 동전과 상품권이 쏟아지는 꿈

주택복권 추첨 4일 전에 김모씨는 돈벼락을 맞는 꿈을 꾸었다. "길가에 있는 오락기에서 동전과 상품권 등이 마구 쏟아져서 양손으로 받았는데도 계속 흘러 넘쳤어요."

잠에서 깨어난 김씨는 길몽이라는 생각에 주택복권을 구입하였는데 5장 중 2장이 1등과 2등, 총 4억원에 당첨됐다. 동전과 상품권 등을 얻는 꿈은 현실에서도 재물운으로 이루어지고 있음을 알 수 있듯이, 꿈은 결코 반대가 아닌 상징의 이해에 있음을 여실히 보여준다. "계속 흘러 넘쳤어요" 처럼, 어떠한 사물이나 자연물이 넘쳐나는 풍요로움의 표상은 복권 당첨 등 재물운으로 실현되는 주요한 상징 표상 중의 하나이기도 하다.

즉석복권을 긁어 2000만원이 나오는 꿈

서울 종로구에서 회사원으로 근무하고 있는 양모씨(28)는 즉석복권을 긁는 꿈을 꾸었다. 500원짜리를 긁으니 또 500원짜리가 나왔고, 또 한번 긁으니 2000만원이 나오는 꿈이었다. 다음날까지도 꿈이 생생해서 지하철역에서 즉석복권을 몇장 구입했다. 꿈은 예상과 빗나가긴 했지만, 체육복권으로 노트북 PC에 당첨되었다. "꿈대로라면 2000만원에 당첨돼야 하는데 조금 섭섭합니다."
이 경우 사실적인 미래투시의 꿈이라면, 실제 2000만원에 당첨되는 일이 일어나게 된다. 현실에서 노트북 당첨으로 이루어졌다면, 상징적인 꿈으로 실현되었다고 봐야 한다. 2000만원 당첨 꿈의 상징표상에서 현실에서 무언가 좋은 일이 일어날 것을 예지해주고 있다.

채무를 상환하는 꿈

서울시 중구에서 자영업을 하는 40대
인 K씨의 꿈이다. 채무를 상환하고 너무 기뻐, 지방에 있는
아내에게 "여보 빚을 다 갚았으니 직장 그만두고 빨리 올라
와"라며 힘들게 지방에서 맞벌이를 하고 있는 부인에게 전
화를 하는 꿈을 꾸었다.

결과는 주택복권에 1등과 2등으로 4억원이 당첨되었다. 장차
채무를 갚는데 사용하게 될 것인 바, 꿈에서 본 그대로 이루
어지는 사실적인 미래투시의 꿈으로 실현되었다.

동전 두 개를 줍는 꿈

동전 2개를 줍는 꿈으로, 즉석식 복권
인 3회차 관광복권에서 1000만원에 당첨되었다. 동전 꿈의
상징이 재물에 있어 엄청난 것이라기보다는 사소한 것이기
에, 현실에서는 1000만원의 당첨으로, 그것도 친구 사이었
던 두 사람이 나누어 갖는 일로 실현되었다.

이 밖에도 하려는 일마다 술술 잘 풀리는 꿈으로 제78회 찬
스복권에서 1등 1억원에 당첨됐고, 부인이 돈다발을 주워 호
주머니에 집어넣는 꿈으로 복지복권 2000만원에 당첨된 사
례가 있다.

우리아이 **태몽풀이 대백과**

초판 1쇄 발행   2012년 05월 31일

엮 은 이 ㅣ 21세기 꿈 해몽 연구회
펴 낸 이 ㅣ 채주희
펴 낸 곳 ㅣ Happy&Books
등   록 ㅣ 제10-1562호(1985.10.29)
주   소 ㅣ 서울특별시 마포구 신수동 448-6
전   화 ㅣ (02) 323-4060, 322-4477
팩   스 ㅣ (02) 323-6416

가 격 13,800원

ISBN   978-89-5515-510-5   13810

잘못된 책은 구입하신 서점에서만 바꿔드립니다.